机の下の楽園

◆◆◆

佐伯香也子

Kayako Saeki

紅文庫

目次

装幀　遠藤智子

机の下の楽園

第一章　夏の夜の出会い

僕、久我尚幸《くがなおゆき》が六本木《ろっぽんぎ》のライブハウスZ：Be《ズィービ》を訪れたのは、友達の佐久間大斗《さくまだいと》に誘われたからだった。彼の入れこんでいる女性が今夜、ゲスト出演して歌うのだという。

八月の蒸し暑い夜で億劫《おっくう》だったが、翻訳家という職業は誰かに誘われでもしないかぎり、なかなか外へ出る機会がない。

それを知っているフットワークの軽い営業職の友が、なにかと理由をつけて呼び出してくれた。

「アキちゃんの本業はさ、女王様なんだよ」

佐久間はお目当ての女性、アキちゃんの説明をしはじめたが、いきなり女王様と言われて思いつくのはＳＭのあれしかない。

「ん？　プロの責め役ってことか？」

「そうそう」

軽く言うが、どうリアクションしていいかわからない。あけっぴろげで、大学時代はラクビーに打ちこんでいた巨漢と隠微な性癖が結びつかなくて、首をかしげる。

「いや、最初は後輩たちのバンドのライブで見たんだけどさ、一発でひと目ぼれよ」

一発で恋に落ちることを「ひと目ぼれ」というのだから意味がかぶっている。だが、そういう繊細な言語の用法を、佐久間相手に指摘してみてもはじまらない。

「ライブ後に紹介してもらって、交換した名刺にSMバーの名前が書いてあったからびっくりよ。だけど、逆に納得した。見た目そのまんまだもん」

おまえも見ればわかる、という佐久間の話を適当に聞いていると、バンドのメンバーが歓声に迎えられて登場した。

まだ、みんな若い。二十代前半だろう。黒を基調とした衣装に派手なメイクの四人組がいっせいに楽器を鳴らすと、たちまち爆音が響きわたった。

現実感が一瞬で吹っ飛び、熱気が一気に高まってゆく。

何曲か演奏すると、百五十人ほどの観客は総立ちになった。

日本はアジアのバンド天国、バンドの聖地とも言われている。それだけライブハウスの数が多く、あちこちまめに出演すれば、たとえ無名でもなんとか食っていけるらしい。

ノイズィな音楽は嫌いではない。いっしょになって騒ぐ気にはなれないが、目と耳の両方から伝わってくる振動に身をまかすのは、それなりに爽快感がある。

後半のMCのあとで、いよいよアキちゃんが登場した。

なるほど美人だ。スラリとした長身に、レザーのミニスカートと網タイツのコスチュームがよく似合っている。

センターパートのロングボブも、マイセンの陶器人形のようにノーブルな顔立ちを引き立てていて、見たまんま女王様というのもうなずけた。

歌は悪くなかった。低めの声に正確なリズムと感情が乗り、聴く者をすぐに引きこむ。プロでもやっていけそうだ。

佐久間は両手を握りしめながら熱いまなざしを送り、サビのシャウトではほかの観客とともに飛び跳ねていた。

出番が終わって彼女が袖《そで》へ引っこむと、僕に小声で言った。

「おい、出るぞ」

お目当てが終われば、あとは聴かなくてもいいらしい。

裏口まで引っぱっていかれ、すこし待っていると、ノースリーブのパーカーを着たアキちゃんが出てきた。

「お、お疲れさまですぅ」

背中をまるめながらぎこちなく声をかける大男が、なんとなく哀れに見える。

こちらに気づいてふり返った視線に、特別な感情はこもっていない。

彼女にとっては、一介のファンでしかないのだろう。だが、

「ありがとう」

きちんとそう返す姿には、どことなく育ちのよさがうかがえた。

「あ、あの、今日は友達と来ているんですけど、もしよかったらこのあと飲みに行きませんか」

女王様は視線をさりげなく上下させ、僕らをねぶみしていたが、やがて、

「ごめんなさい、今夜は予定があるの。今度、お店のほうへいらして」

と断ってきた。酒の相手より、店の客として呼んだほうがいいと判断したのだろう。

親友は残念そうなそぶりを見せたが、すぐに気をとりなおしたようで、

「はい、うかがいます」

と、営業スマイルで返す。

僕も軽く会釈して彼女を見送った。

アキちゃんの勤めるSMバー・JUNCTIONは、同じ六本木にあった。名刺をもらって以来、佐久間はほぼ週に二度、そこへ通っていた。

といっても、彼はMというわけではない。たんに女王様のビジュアルに憧《あこが》れてのことで、彼女のほうでもそれはわかっているのか、いつも適当にあしらわれているらしい。

そこをなんとかしてふり向かせたいというのが、僕を誘い出した理由だ。つまりは、女王様の前で自分を褒めてほしいというのである。

「久我って、中身はともかく、見かけはスゲーもっともらしいからさあ、大学教授で充分通るんだよ。おまえの口から俺のよさをアピールしてもらえれば、きっとアキちゃんも納得してくれる」

勝手にそう決めて、佐久間は自分の作戦の成功を疑っていない。ふだんは優秀な営業マンなのに、こういうことに対しては妙に純情なのだ。

「大学教授はやめろ。文系の三十すぎなら、どうがんばっても准教授だ」

「じゃ、准教授でいいよ」

「そういうところで見栄を張らないほうがいい。あとで響いてくるぞ。彼女の心を本当につかむ気なら、僕がフリーの翻訳家だってことを隠さないほうがいいんじゃないのか？」

数年前まで、僕はたしかに教授を目指していた。だが、象牙の塔の徒弟制度にあきあきして大学院の博士課程を中退し、翻訳家になってしまった。そのことをすこしも後悔していなかったし、翻訳家が准教授に劣るとも思っていなかった。

佐久間もすこし考えていたが、

「そらそうだな」

と、あっさり納得して、誠実路線で行くことに決めたようだ。

「今夜はダメだったが、来週末、空けとけよ。連れてくからな！」

意気ごむ友に、僕はため息まじりのうなずきを返した。

週末のＪＵＮＣＴＩＯＮは、女性客が無料ということもあって、かなり混んでいた。

いかにもSMバーらしく、壁にそって円筒形の檻《おり》や内診台、木馬などが置かれ、高い天井からは人を吊《つ》るすための鉤《かぎ》が下がっている。

十人くらいは座れそうな大きいテーブルが三つ、中央のショースペースを囲むように配置されていたが、今はそのほとんどが埋まっていた。

仕事で遅くなった佐久間は、出遅れたことをくやしがったが、しかたがない。ひとまず落ちついたテーブルは、男の客のほうが多かった。

アキちゃんは別の客の相手をしていた。その様子をフロア越しに見て、まだ一介のファンでしかない友がつぶやく。

「あの、会話がとぎれたときに見せる、ひんやりとしたまなざしがサイコーなんだよ。おれ、思わず奴隷になってもいいと思うもん」

「っていうか、佐久間、おまえ、隠れMなんじゃないのか？」

あまりの入れこみように、そうからかってやると、

「いいや、俺はサドのおまえと違って、はっきりストレートだ。ただ、恋のためならM男になってもいいってことさ」

そう、僕はSだ。それは子供の頃から自覚している。

だが、普通の場でそう言っても、たいてい冗談だと思われる。

佐久間も本気でそう思っているわけではなく、仲間内で通用していた、久我はSだ、というジョークを、今も引きずっているにすぎない。今回のしょうもない作戦の相棒に僕を選んだのも、半分はそれがあったからだろう。

ＳＭというのは本来密室性の高いものだが、こういうバーは、同好諸氏と酒を飲みながら交流したり、ときにはスタッフや客どうしでかりそめの行為を楽しんだりするところだ。

主従カップルがやってくることもあるが、フリーの男女も多い。

動画よりもリアルな息づかいの感じられるショーを目当てに来る人もいれば、演じる側になって自分の欲望を満たす人もいる。そういう集団の欲望や熱気に圧を感じ、いたたまれなくなってしまう僕は、めったに来ることはなかった。

「クッソォ……なんとかアキちゃんを呼んでこなくちゃ、おまえをつれてきた意味がないぜ。いっそのこと脅しをかけるか」

縦も横も人なみ以上にある佐久間は、顔の作りもワイルドで、ちょっとその気でにらめばたいていのヤツは引いていく。

「まわりのヤツらには脅しをかけといて、女王様の前ではひれ伏してＭ奴隷になるのか」

笑ってやったが、彼は案外本気で、

「まわりの視線なんか、このさいどうでもいいんだよ。アキちゃんが俺のものになってくれさえすればな」

そう言うと、

「よしっ」

と、気合を入れて立ちあがろうとする。

僕は舌打ちしながら、友の腕を引っぱった。

そのとき、ドアが開いて新しい客が入ってきた。めずらしい女性のひとり客だ。慣れない様子で店内を見まわしている。

それに気づいたアキ女王様が、すっと立ちあがった。

入口のあたりでふたことみこと言葉を交わし、空いている席をふたりで探す。ちょうど僕らのテーブルに空きがあるのを見つけると、その女性客を案内してきた。

「おおっ、やった！　やったぜ、久我！　俺はついてる！」

佐久間は有頂天だ。半腰になりながら彼女たちを迎えると、アキ女王様が、

「ごめんなさい。すこしつめてもらえるかしら？」

と、なめらかなアルトで言った。

「どうぞ、どうぞ」

熱狂的な崇拝者はもみ手をしそうな勢いだ。

だが、女王様と女性客が、僕のとなりへふたりまとめて座りそうになったので、小声で脅した。

「久我、席かわれ！」

「かわれ」といわれても、僕もいちおう男である。どうせなら女の子のとなりがいいので、ふたりを真ん中に挟む形で佐久間と折り合いをつけた。もちろん、彼のとなりはアキ女王様だ。

「あ、こいつ、俺の親友。中学ンときからいっしょだから、親より俺に詳しいヤツ」

そのお定まりなジョークは、女王様にはウケなかったが、もうひとりのほうにはウケた。
二十三、四歳というところだろうか。いかにもおかしそうに笑うその声に、女王様もつきあいで笑い出す。
「そんなに長くお友達でいられるなんて、いいですね」

女性客は無邪気に言って、僕らをかわるがわる見た。

かわいい子だなと思った。

一見すると、こんなきわどい場所にひとりで来るようには見えない。

大きな瞳に、薔薇《ばら》のつぼみを思わせる小ぶりで品のいい唇。頰《ほお》が透きとおるように白い。

ミディアムロングの髪をひとまとめにして、まるいシニョンにしているが、おくれ毛がいい感じにフェイスラインをとりまいて愛らしい。

僕はふと、敏捷《びんしょう》な子猫を想像した。

「名前、教えてくれる？　僕は久我尚幸、あっちは佐久間大斗」

女の子は、とまどったようにかたわらのアキ女王様を見た。

女王様は女の子をかばうように、

「彼女、私の友達なの」

と、ひとことだけ言った。言わなかったその先には「だから、へんなことするつもりなら承知しないわよ」という言葉が隠れているのだ。

佐久間はすかさず、

「大丈夫だよ。怪しいもんじゃない。なんなら名刺渡すけど、俺はW商事で営業してて、こいつはけっこう有名な翻訳家だ。聞いたことない？『最悪の眠り』あれ、こいつが訳したんだよ」

去年僕が訳して、ベストセラーになった推理小説の名をあげた。

「えっ、あれそうなんですか。わあ、すごい！」

「へえ、そうなんだ」

クールな女王様まで控えめに感心してみせてくれて、僕はすこし居心地が悪くなった。

照れかくしに軽く眉《まゆ》をあげて応《こた》えてから、ハイボールをひと口飲む。

すると女の子が、自己紹介してくれた。

「友永《ともなが》美笛《みふえ》です。美しい笛って書いてミフエ。でも、みんなミュウって呼ぶの」

くったくなく言う声が澄んで軽やかだ。

「ミュウって、猫系の君にぴったりだね」

さりげなく肩に手をまわしながらそう言うと、ミュウはちょっと驚いたように僕を見た。

「飲みものは決まった？」

彼女によけいな警戒心を抱かせないよう、話題を変えて気持ちをそらす。

「えっ、あ、はい。さっき、アキちゃんに頼んでもらいました」

「そう。じゃ、もうじき来るかな」

わざとらしく厨房《ちゅうぼう》のほうを見ながら、佐久間とアキ女王様に視線を送る。

佐久間は「こいつ、早ッえぇ」とでもいうように、呆《あき》れた顔をしている。女王様は、ちょっとおもしろがっているように見えた。僕はふたりとも特に異議なしと見て、ミュウの華奢《きゃしゃ》な肩をまたすこし抱きよせた。

「お酒は強いの？」

ミュウはすこしうつむきながら、首を横にふった。

「ぜんぜんダメなんです。ワインをひと口飲んだだけでグラグラしちゃう」

「いいね、女の子っぽいよ」

僕がそう言うと、女王様が、

「あら、ごめんなさい。アタシ、ザルなの」

ツンと上を向きながら言う。

佐久間は、ここぞとばかりに、

「アキちゃんはいいんだよぉ。女である前に女王様なんだからさあ」

あれこれ言葉をつくして、彼女のご機嫌をとりはじめた。

もちろん、女王様はわざと拗《す》ねてみせたわけで、むしろ佐久間にきっかけを与えてやったように見えた。

それなら遠慮なく……と思い、僕はミュウとの会話を続けた。

「こういうところへはよく来るの？」

「ううん。ここはアキちゃんがいるから、たまに……でも、まだ二、三回来ただけ」

「じゃ、ＳＭの経験があるわけじゃないんだ」

僕の言葉に、ミュウはあわてて首をふった。

「まだ、ぜんぜん。一度もないの」

「興味はある？」

答えるまでにすこし間があった。僕は彼女を安心させるように、言葉を重ねた。

「ここで話したり聞いたりしたことは、みんな外の世界へは持ち出さない。すべて秘密だ。誰にも言わない」

そう言って、彼女の肩をすこし強くつかんでやる。

ミュウは僕の目をちらっと見て、ぎこちない微笑《ほほえ》みを浮かべると、小さくうなずいた。

「経験してみたい？」

今度も、うなずきが返った。

「そっか」

それだけ言ってしばらく黙り、ハイボールを飲む。彼女も運ばれてきたオレンジジュースを飲んでいたが、たまりかねたようにたずねてきた。

「あの……久我さんは、経験あるんですか？」

「そう見える？」

問い返してやると、ミュウは考えながらこう答えた。

「たぶん……経験……あると思います」

「どうして？」

「落ちついているから……あんまり飢えているように見えない」

「変な道具がまわりにいっぱい置いてあるのに、興奮してないってこと？」

笑いながらそう言ってやると、ミュウはうなずいた。

「なんか、慣れてる。きっと、こういうところへしょっちゅう来ているんだろうなと思う」

素直に答えない男への小さな不満をにじませながら、ちょっと唇をとがらせる。

「ここへ来たのは、今日がはじめてだよ」

「じゃ、ほかのところへはよく行くの？」

「いや、めったに行かないな。それほど興味がないからね」

そう言うと、ミュウは困ったように首をかしげた。

僕はおかしくなって、

「ウチでパートナーとやっているから、こういうところへは来なくてすむってこともあるだろ？」

と言ってやった。

「パートナー、いるんですか？」

驚いて見張る目がまたかわいい。

人をからかうのはよくない癖だとわかっている。それでよく誤解されることもあったが、こういう素直な子を見ると、どうにも抑えが利かない。

僕は彼女にじっと視線を注ぎながら、試すように言った。

「今はいない。ミュウがなってくれる？」

一瞬で体をこわばらせた子猫は、またたきも忘れてこちらを見つめている。

そろそろ許してやろうかと思ったところへ、ショーの開始を知らせるように照明が暗くなった。

気がつけば、アキ女王様の姿も消えている。

クラブハウス系のシャカシャカした音楽が流れはじめると、ショースペースに三人の女性が躍り出た。

手には羽をつないだ優雅なムチを持ち、それぞれの体にまつわりつかせながらシャープな踊りを見せる。

それが終わると、アキ女王様とM女性のショーアップされたプレイが始まった。

M女は少ない縄でセンスよく縛りあげられ、両足がついた状態で天井の滑車から吊るされた。

次に片足が高々と吊りあげられると、縄の食いこんだ股間があらわになった。

触れ合っている華奢な体が、ビクリと震える。

ムチ、ローソク、バイブ責めと続くうちに、となりの体温はどんどんあがっていって、息づかいも乱れはじめた。

落ちつこうとしてか、オレンジジュースへ伸ばした手が、どこか危なっかしい。

優しい言葉をかけてやることもできたが、あえて黙っていた。

やがてショーが終り、アキ女王様が席に戻ってくると、ミュウは明らかにほっとした表情を見せた。

「感じちゃった？」

僕が小声で訊《き》くと、まだ火照りの残る頰で答えにくそうにうつむいた。

女王様が、

「ミュウには、まだ刺激が強すぎるのよね」

と笑って、

「飲みもの、どうする。またオレンジジュースでいい？」

と訊いた。

ミュウは、

「ううん」

と首をふり、

「今夜はもう帰る」

と言い出した。

最終電車までは、まだ間がある。

「大丈夫？　気分悪いの？」

気づかう女王様に、ちょっと笑って、

「大丈夫」

と、小さく答える。

僕は、まだ彼女の肩を抱いたまま、

「送っていこうか?」

とたずねた。

それは賭《かけ》だった。

ミュウは、迷いがありありと浮かぶ瞳で見つめていた。

「僕の信用度なら、そこの佐久間に訊くといい。なにしろ、親より僕に詳しいヤツだから」

そう言って笑ってやると、すこし肩の力がゆるむ。

「ミュウちゃん、そいつなら大丈夫だよ。見かけによらずスケベだけど、絶対失礼なことはしないから」

友人のありがたい推薦が功を奏したのか、彼女は、

「じゃあ……」

と言って、まずアキ女王様のほうを見た。

「へんなことされそうになったら、思いっきり叫ぶのよ」

気の強そうな女王様はそう言って、僕に視線を移す。

佐久間がベタ惚《ぼ》れしている、あのひんやりとしたまなざしでじっと見つめながら、こう言った。

「ミュウを、お願いします。大事な友達なの」

この女王様は言外の脅しがうまいなと、僕は苦笑した。

ミュウの肩から手をはずすと、

「責任を持って、送りとどけるよ」

素に戻って、まじめに言った。


店を出ると、熱帯夜の風がねっとりと僕らを包んだ。

六本木はひと晩中眠らない街だ。まだまだ賑《にぎ》やかな通りを、地下鉄の駅へ向かって歩きながら、僕はミュウを見おろして言った。

「さっきの答え、まだ聞いてなかったね」

「えっ？」

「ミュウが、僕のパートナーになってくれるという話だよ」

彼女は黙った。そして、しばらくしてから、こう言った。

「まだ、よくわからない。久我さんには、今日会ったばかりだし……」

「ショーを見たのは何回目？」

「えっ。ああ……三回目かな」

「いつも気分が悪くなって、途中で帰っていたの？」

「ううん。アキちゃんがあがるのを待って、いっしょに帰ってた」

「じゃ、今日は特別だったんだね」

そう言ってミュウを見やると、とまどったようにうつむいた。

「うん……そう」

つぶやくその声に、羞恥《しゅうち》がにじむ。

僕は立ち止まった。

「どうして？」

横を向いて見おろすと、かたわらの大きな瞳も見あげている。

それを視線で縫い止めると、彼女は泣きそうな顔をした。

「……それは」

言ったきり、耐えきれないように唇を震わせ、うつむく。

五メートルほど先に見える大通りを、派手な恰好《かっこう》をした女の子のふたり連れが、声高に話しながら通りすぎてゆく。すぐ手前のカフェでは、聞きとりにくい早口の英語で、黒人が白人にまくしたてていた。

僕は、ミュウの手をとった。

彼女は拒まなかった。

とった手はそのままに、もう片方の手で肩を抱く。すこし強く引いて胸もとに抱きよせると、ほっそりとした体はほんのすこし抵抗しただけで落ちてきた。

「おとなしく帰れそうにないね。女王様には内緒にしておこう」

胸に預けられた頭が、無言で揺れる。

黒髪にキスをひとつすると、長い睫毛《まつげ》が閉じられた。

ミュウに住まいをたずねると、僕と同じ沿線に住んでいることがわかった。

「アキちゃんといっしょに住んでいるの」

高校時代の同級生なのだという。

今からホテルを探すのも面倒だったし、帰りのことも考えて、僕は自分のマンションへ誘った。

地下鉄の電車の中で、彼女はポツリポツリと自分のことを話した。

東京の大学を出て、地元である埼玉の銀行へ就職したが、また上京したのだという。

「本当にやりたいことはなんだろうって考えたら、このまま銀行になんかお勤めしていられないと思ったの。とりあえず英語の勉強をしてみたい。今、専門学校に入ろうと思って探しているんだけど、まだ決まらなくて……」

「留学でもするの？」

「……それができたら、本当にいいなぁ」

夢見るように、ミュウは視線を遠くへ投げた。

「目的があるのは、いいことだよ」

僕は、皮肉でもなんでもなくそう言った。

「目的」というより「やりたいこと」と言ったほうがいいだろうか。佐久間には、まだ今ひとつわかってもらえてないようだが、僕は現在の生活をかなり楽しんでいる。

文学部の助教だの下っ端講師だのというのは下積みが長い。どんなに優れたものを書いても、学会の発表ならともかく、本となるとなかなか自分ひとりの名前では出せない。たいていは恩師である教授の名前で出版され、序文に「××君の助力を得た」とでも書いてもらえれば御の字なのである。

大学院生のうちからちょっと個性的な論文を書けばすぐにたたかれ、指導教官に逆らいでもすれば一生就職口に恵まれない。いまだにガチガチの徒弟制度がまかりとおっている。

心から尊敬できる教授も、もちろんいるが、僕の場合、途中で指導教官が亡くなって、やむなく別の教授につくことになってしまった。

これがどうしようもないヤツで、能力もないくせに弟子の論文にケチばかりつけやがる。おまけに、その論文を一字も変えずにそいつの名前で学会誌に発表され、いいかげん頭に来た。

引き止めてくれる教授もいたが、未練はなかった。

文学の世界は広い。そして、多様だ。なにも大学教授になることばかりが、文学に携わる道ではない。

時間を自由に使えるようになった今、僕は解放感と充実感を同時に味わっていた。

本だらけの部屋。それが、はじめて僕のマンションを訪れたミュウの感想だった。

たしかに1LDKのリビングの壁は、一面本棚に埋めつくされている。ダイニングからL字形につながっているそこは仕事場にもなっていて、デスクや書類キャビネットの上に、パソコンやプリンター、資料などがところ狭しと置いてある。散らかしてはいなかったが、きれい好きの目から見たらいろいろ文句はあるだろう。

正面の窓のカーテンを開けてやると、ミュウは感嘆の声をあげた。

マンションが高台に建っていて、向かいに高い建物がないため、七階でもかなりきれいな夜景が望めるのだ。そこが気に入って借りた部屋だった。

僕は隅に置いたスタンドだけを灯《とも》すと、暗闇に散らばる灯《あか》りを飽きずに眺めるミュウを、うしろから眺めた。

水色のスカートに、広い袖の白いブラウス。背はさほど高くない。ほっそりとした腰つきのわりには、レースで飾られた胸が豊かに盛りあがっている。

ソファーに深く腰をおろしながら、その無防備な背中へ声をかけた。

「そこで服を脱いでごらん」

ミュウは、はじかれたようにふり返った。頬が赤くなっている。

「……だって……誰かに見られたら……」

「誰にも見えないよ。よほど性能のいい望遠レンズでもあれば別だけど」

「でも……」

そう言って、もじもじしながらあたりを見まわす様子は、雄の嗜虐《しぎゃく》性を強く刺激する。

しばらく迷わせておいてから、こう言った。

「脱ぎなさい」

ミュウは、明らかにびくりと震えた。まぎれもないSの命令が、彼女のM性にスイッチを入れたのがわかった。

だが不安やためらいのほうが勝って、なかなか体が動かないのだろう。瞳が揺れるばかりだ。

当然だろう。見たところ、SMはおろか、ノーマルな性経験さえも薄そうなのだ。渡るべき橋は長く、越えるべき壁は高い。

「どうした。ここでやめるか?」

言葉で決心をうながす。

ハッとしたように視線をあげたミュウは、すこしのあいだ僕を見つめ、やがて小さく首をふった。そして、うつむきながらではあったが、ブラウスのボタンに手をかけ、はずしはじめた。

華奢な鎖骨の下をおおう白いキャミソールが現れる。

思った以上の豊かなまるみのあいだに刻まれた谷間からは、初々しい興奮と緊張が香りたつようだ。スカートのファスナーをおろす手は震え、伏せた睫毛は濡れたように光っている。

水色のフレアスカートがかすかな音を立ててすべり落ちると、白いレースの小さな布がキャミソールの裾《すそ》から見えた。

「下着もぜんぶだ」

そう声をかけると、泣いているような息づかいが聞こえてきた。

恥ずかしさと惨めさ、そしてある種の全能感にも似た無力さが、小さな体いっぱいにひろがっているのがわかる。

はじめて被虐の魔酒を飲んだ娘は、すすり泣きながらキャミソールを脱いだ。

予想どおりのたわわな胸が、暗いオレンジの光の中にこぼれ出た。

腕を前で交差させて胸を隠そうとするを叱《しか》る。

「隠すな」

ミュウは目をかたく閉じると、腕をゆっくりとおろした。

外気の刺激で立ちあがった珊瑚《さんご》色の乳首までが、ふたたびあらわになる。

「下も脱ぎなさい」

さらに命令を重ねた。

震える細い指が白いレースの縁にかけられ、最後のおおいが膝《ひざ》まで降りる。

腿《もも》が恐るおそる持ちあがって、足首からまるまったレースの塊が抜きとられると、美しい裸体が立ちあらわれた。

背は高くないが、手足が長くてバランスがいい。だが、今にも倒れそうに揺らいでいる。

「足を肩幅くらいに開いて、前にかがんでごらん。顔はこっちへむけたまま、お尻を窓のほうへ突き出して……」

ミュウは眉の根を寄せながら、今度も従った。

「両手で、お尻を開いて……望遠レンズで見ているかもしれない誰かに、体の奥を見せてあげなさい」

「あ……イヤ……」

それは、とても小さな抵抗だった。頭をゆるくふって拒否するが、もちろん許さない。

「言うとおりにしなさい」

観念した被虐者の手が、ぎこちなく動きはじめる。

心の抵抗を押しのけて両手がうしろのまるみに到達すると、指が徐々に食いこみ、谷間が開きはじめた。

「もっと大きく開いて」

「ああ……あっ……」

あえぎ声が、熱くうるおっている。

「そのまま、腰をふってごらん。灯りのついている一軒一軒の人たちに、いやらしいところをたくさん見てもらいなさい」

小柄な娘は、息を吸って細く高くあえぎながら、僕の言葉に従った。

肉の薄い双丘が、ゆらゆらと小舟のように揺れる。

甘やかな苦しみに眉はひそめられ、目は閉じられたまま、唇が薄く開いている。

最初、葛藤をしめすかのように不規則だった揺れは、いつしか一定のうねりに変わり、リズムよく動きはじめた。

「自分でアソコをさわってみなさい」

両手で力いっぱい開いた場所へ、指がおずおずと伸びてゆく。

「どうなっているか、報告しなさい」

柔らかな襞《ひだ》が重なり合う割れ目をさわったミュウは、

「イヤぁ……」

と叫んで、うずくまりそうになる。

「座るんじゃない。立ったままで、ちゃんと報告しなさい」

「……濡れて……います」

「どんなふうに？」

「たくさん……いっぱい……濡れています」

羞恥で今にも崩れそうな体を、ミュウは懸命に支えていた。

「こっちへおいで」

僕は次の責めに進んだ。

まずテーブルの上に、陰部がよく見えるよう、両足をかかえた姿勢で横たわらせた。それはまさしく、性の嗜虐者へさし出された生贄《いけにえ》のポーズだった。

そんな恰好で、他人にじっくり見られているという状況が、また彼女を興奮させたのだろう。

ほんのり染まったまぶたは閉じられ、睫毛がときおり震えている。

上品な鼻は光をはね返しながら、軽く汗ばんでいた。

下半身からは透明な粘液があふれてヘアの先にしずくとなってたまり、アヌスのほうへ流れていこうとしていた。

僕は指一本触れないまま、言葉で彼女をなぶった。

「ミュウは淫乱《いんらん》だな。窓にむけてお尻をふっただけで、こんなに濡らしちゃったのか」

そう言って笑ってやると、生贄は甘えたような泣き声をあげて懇願した。

「もう許して！」

股間はさらにうるおって、キラキラと光り出す。

「まだ許さないよ」

そう、まだ序の口だ。これからが本番なのだ。

「そのまままわすように、またお尻をふってごらん」

ためらいはあったが、やがて小ぶりな尻がゆっくりとまわりはじめた。

「ああ……あ、あっ……」

愛液はますますあふれ、声も止まらなくなる。大きく開いた女唇は表情豊かにうねって、いやらしく歌った。

「イヤァ、見ないで！」

「見られるのがイヤなら、どうしてこんなに濡らすんだ。もうテーブルにまでこぼれているのが、自分でもわかるだろ？」

実際、ガラス製の天板には、愛液の水たまりができていた。

「見られるのがうれしいんだろ。もっと、たくさん見てほしいんだろ？」

僕は立ちあがって、目の前の髪をつかんだ。

「ああ！」

背中がたわんで、乳房が突きあがる。こんな行為は、今まで誰からもされたことがないのだろう。

「今いちばんしてほしいことを言ってごらん」

目をかたく閉じたミュウは唇を何度も震わせ、やっとのことでこう言った。

「……わから、ない」

さらに髪をつかみあげると、濡れた悲鳴があがった。

「痛いのと、恥ずかしいのと、気持ちいいの……どれがいい？」

大きく反った首を支えてやりながら、たたみかけた。

ミュウはとうとう泣き出し、高く叫んだ。

「ぜんぶ！　ぜんぶしてください！」

きっと、なにがなんだかわからないままに答えているのだろう。自分がなにを望んでいるのか、それはこれから見つけてゆくのだ。

僕は、おねだりできたことを褒めるように、つかんだ髪を軽く揺すってやり、裸の体を助けおこした。

「ベッドへ行こう」

そう告げて、テーブルから降りたミュウの手をとる。

うるんだ瞳へちょっと微笑みかけると、小さなうなずきが返った。

第二章　はじめての緊縛と剃毛

Sだからといって、寝室が特殊なわけではない。アイボリーのクロスを貼《は》った壁に、薄茶のフローリング。ブルーグレーのカバーをかけたベッドが中央に置いてある、ごくありきたりな三十代の男の部屋だ。

だが、クローゼットの中まで「ありきたり」なわけではなかった。

僕はミュウをベッドへ座らせると、折戸を開けて七本の麻縄をとり出した。

緊縛は日本のSMの定番だ。江戸時代の捕縄《とりなわ》から発展したもので、海外にも多くのファンがいる。名のある緊縛師はよく海外へ呼ばれていって、公演したり指導したりしている。

「久我さん、縄もできるんですね」

「少しはね」

日本人だからといって、ぜんぶのSが緊縛の技を持っているわけではない。縛り方がよくないと神経を圧迫したり窒息の危険があるため、本格的な縛りをしようと思えば、技術を持った人から習うのが一般的だ。

僕は十代の頃に興味を持ち、大学生になってからネット動画などで研究し、縄師の講習会へも何度か通った。

効率的なやり方はあるが、こう縛らなければならないという特別な型はない。安全に留意しさえすれば、創意工夫で独創的な縛り方ができる。

出会ったM女性たちを縛ってやると、みんなよろこんだ。これまで縄が嫌いな女性には会ったことがない。強く拘束されて自由を奪われることに、異常なほど興奮するM女もいた。

ミュウは、二重にした縄をしごいている僕を落ちつかない表情で見つめていたが、胸にひと縄かけるとせつなげにあえいだ。

乳房を上下に挟んで引きしぼり、両手首を背中へまわして縛る。胸の谷間と両脇を閂《かんぬき》に縛ると、豊かな胸がいっそうきわだつエロティックな緊縛奴隷ができあがった。

縄尻の始末をして正面にまわってみれば、ミュウは焦点の合わない視線を宙にさまよわせている。

ベッドへうつぶせにさせ、尻を高くあげた姿勢をとらせると、猫のように、くうっ、と泣いた。

今日は、あまり道具は使わないつもりで、白桃のような双丘のまるみを手でぶつ。五、六回ぶって、開かせた足のあいだからのぞく性器もぶってやると、そんなところを打たれるとは思っていなかったのだろう、驚愕《きょうがく》と興奮のまじった甲高い悲鳴を放った。

手のひらは愛液まみれになり、ぶつたびに湿ったいい音がする。

肩をつかんで体を引き起こすと、縄に挟まれていびつになっている乳房を、背後からわしづかみにした。

「あああ！」

痛みに絶叫し、伸びあがる体を抱きかかえて抑える。乳首をつまんで押しつぶすと、ミュウは哭《な》きながら身をよじって、腿まで淫《みだ》らに濡らした。

ためしにソフトな愛撫《あいぶ》に切りかえると、

「いや……」

甘えるように言って、もっと強い刺激を望んできた。

「痛み」というのは、自分のM性を確認するのにもっとも手っとり早い刺激だ。Mでなくても、ある程度までなら痛みは快感になる。

僕はときおり愛撫を織りまぜて焦《じ》らしながら、ミュウの全身が汗まみれになるまで胸を責めた。

つかんだ縄を放してやると、小柄な裸体はベッドへ倒れこんだ。

はじめて味わう刺激に自我も現実も消し飛び、放心状態なのだろう。

被虐の余韻に浸っている様子をしばらく観察してから、ふたたび縄をとり、足を開かせてM字形に縛りあげた。

縛っているあいだ、ミュウは唇をうっすらと開き、おとなしく体を預けていた。

僕はクローゼットの脇からスタンドミラーを持ってくると、ベッドに転がるM奴隷の姿を映した。

背後にまわって支えてやりながら、股間を隠すことのできない恥ずかしい恰好を見せてやる。

朦朧《もうろう》としていても羞恥心は働くらしく、むずがる赤ん坊のように身をよじってうめいた。

「いやぁ」

顔を赤くして、そむけようとする。

「ちゃんと見て」

すこし強く命令すると、上気した顔がゆっくりともとの位置に戻ってきた。

「ミュウは今、どんな顔してる?」

何度かまばたきをしたあとで、視線が動いた。

「とろけてる……目も、唇も……ぜんぶ……ああ、へんな髪形」

激しくふったり、シーツにこすりつけたせいで、セミロングの髪は藪《やぶ》の中を冒険してきた子供のようになっていた。

僕は笑って大雑把に指ですき、直してやる。

「じゃあ、乳首はどうなっている?」

ミュウは、恥ずかしそうに身じろいだが、今度も答えた。

「赤く……なってる。ふくらんで……大きい」

「痛い?」

その問いには首をふった。

「ジンとしてるけど……気持ちいい」

「縛られてるのは、どう?」

「……きれい」

そう言って、ミュウは鏡の中の自分をうっとりと眺めた。

「縛られるの……好き……抱かれているみたい」

うわごとのようにつぶやく奴隷は、もう自分以外見えていないようだ。

僕はすこし意地悪く訊いた。

「アソコはどうなってる？」

ミュウは眉を寄せながら、高くあえいだ。

「……いや……いやぁ！」

「わからないのか？」

言葉でなぶりながら、折りたたんで縛った両足をいっそう開かせる。

「あ、ああ」

僕は縄のかかった太腿の下から手をまわし、ヴァギナの左右から中指を一本ずつ挿し入れた。

「あああ！」

縛られた体がいっぱいに反って、縄がかすかにきしむ。

そのままかまわず、指でミュウを開いた。

「あ、いや、いやあ！」

閉じたり開いたりをくり返してやると、いやらしい音がひそやかにこぼれはじめた。

鏡の中で咲く蘭《らん》の花が、いかにも物欲しげに口を開ける。蜜が止めどなくしたたり、花弁が艶《あで》やかに濡れて光る。

「手がヌルヌルだ。すべってベッドから落としそうだ」

耳もとでささやいて、かかえた体を抱きなおすと、かわいい尻がきまりわるげに動いた。

「こんなに濡らしたのは、なんのせいだ」

いっそう言葉で追いつめると、すでにイキかけているミュウは、忘我のふちで口走った。

「ああ……い、痛くしてもらったからっ。縛ってもらったからっ……あっ、いいっ。イッちゃう！」

「まだダメだ。僕がいいと言うまで、我慢しなさい」

主《あるじ》の無慈悲な命令に、哀れな奴隷は唇をかみしめる。

その耐える顔を見ながら、僕は柔らかくなった肉穴の内部をいびつにひろげはじめた。

中指に薬指を添え、四本で上下左右に動かす。合間に、ツンととがったピンクの肉芽を親指でかまってやると、ミュウは息を鋭く吸って硬直した。

「そこ、ダメェ！」

苦しがって背をうねらせるのを、無理やり押さえつける。

「どれがダメなんだ？」

「あ……そ、そこ」

「どこだ。ここか？」
二、三回はじくと、大きな悲鳴をあげてのけぞった。
「い、いやぁっ。も……イカせ……てぇ」

身もだえるたびに、白い体へ縄が食いこむ。拘束感は否《いや》が応でも募っているはずだ。

しあげに、硬く立っている肉芽をつねるようにつまむと、指を鉤形にしながら引きぬいた。

「ヒッ！」

叫んで首を大きく反らせた奴隷に、

「まだイクなよ」

と命じておいて、そそりたった分身をとり出す。

華奢な体をうしろ向きのままかかえあげ、肉剣の上へと一気におろした。

「あああ！」

ミュウは哭いて、僕の肩に頭をこすりつけた。

「目を開けて……鏡を見るんだ」

よく聞こえていないのか、なかなか言うとおりにしない。

縄でくくられたミュウの太腿を一度ぶつと、改めて命じた。

「目を開けなさい」

ようやく目を開いた奴隷のまなじりから、涙がひとすじこぼれ落ちる。

僕は、つながっている部分がよく見えるように、すこし腰を前にずらした。

「ああ、あ……」

「縛られて動かせない体を、これから思いきり犯される。逃げたくても、自分ではどうすることもできない。男の欲望に奉仕する、ただの人形だ」

これからたどる運命を語って聞かせると、M奴隷はかすれ声で泣いた。

僕はゆっくりと動きはじめた。

鏡を見ながら犯されると、視覚から来る羞恥や興奮が、体が実際に感じる快感を増幅する。

案の定、ミュウはいくらもたたないうちに昇りつめた。

奴隷が許可なくイクことは、とうぜんお仕置きの対象となる。だが、そんなことを考慮する余裕もなかっただろう。

こちらが心配になるほど長く硬直したあと、縄のかかった全身から力が一気に抜けていった。


目を閉じてぐったりと横たわるミュウの股間を拭《ぬぐ》ったあと、縄をほどく。

横抱きにしてバスルームへ運び、洗ってやってからふたりで湯船に沈んだ。

湯の中で、彼女はしきりに縄の痕《あと》をなでた。

「痛む？」

と訊くと、

「ううん。このでこぼこした感じがうれしい」

そう言って恥ずかしそうに笑い、僕の首に腕をまわしてきた。

「ずっと縛られてみたかったの」

言いながら、首すじに顔を埋《うず》める。

「しあわせ」

ミュウはそう言い、さらに強くしがみついてきた。

僕はしばらく彼女の背中をなでてやっていたが、やがてこう言った。

「お仕置きが、まだだったね」

お湯の表面からポッコリとふたつのぞいたお尻の島が、ピクンと揺れる。

恐るおそるという感じで僕から顔を離したミュウは、困惑した視線を送ってきた。

ゆるんでいた緊張感が戻ってくる。

「はい……」

「ミュウは、僕の許可なく勝手にイッちゃったんだったよね。覚えてる?」

「……はい。ごめんなさい」

うつむく彼女のアゴをすくい、目を合わせる。

「どんなお仕置きがいい?」

そう訊くと、湯に温められてふっくらした唇がわななき、瞳の中にふたたびMの色が濃く溶け出した。

「許して……ください」

唇からこぼれ出た言葉を、そのまなざしは裏切っていた。

「許さないよ」

僕は、彼女が本当に欲しがっている言葉を与えてやった。

被虐者の瞳がうるんだ。

その様子をたっぷりと楽しみながら、股間のヘアを引っぱる。

「ああん」

甘やかな声とともに、パシャリとお湯がはねた。

「ここ、剃《そ》ろうか」

背をしならせる体を抱きよせてそうささやくと、ミュウは堪えがたいように眉を寄せた。

家族といっしょならまずいが、女王様との同居なら、この程度は大丈夫だろう。
二、三度頭をふるのを、かまわず湯船から引きあげ、その縁に座らせる。太腿を開いてみれば、すでに大量の粘液をしたたらせている。
ヘアにからめて陰唇をなぶると、声をあげてうしろへひっくり返りそうになった。

急いで腰のあたりに手を添え、支える。

「体はよろこんでいるみたいだな」

からかうと、ミュウは耳まで真っ赤になった。

「危ないから、縁をしっかりつかんで」

そう注意してから、石鹸《せっけん》を泡立てる。癖のすくない艶《つや》やかなヘアに塗りつけると、慎重にレザーを当てた。

「動いちゃダメだよ、ケガをするといけないから」

そう言っておいて、上の部分から剃り落していった。

ミュウは厳粛な儀式のように身をかたくしていたが、やがて無毛になってゆく自分のそこから目を離せなくなったようだ。

上をすっかり剃りおわる頃には、股間全体が愛液まみれになった。

なにかに耐えるように吐息を幾度もこぼすM奴隷へ、僕は命じた。

「もっと足をひろげて……そう」

ラビアの脇の形は複雑だ。指先でしっかりひろげながら作業しないと、本当に傷つけてしまう。

ともすると揺れそうになるミュウを叱りながら、ようやくぜんぶ剃りおえると、きれいな肉の花園がくっきりと現れた。色の淡い清潔な性器だ。ヘアのなくなったそこを感嘆しながらなでる彼女を、僕はバスルームの鏡の前につれていって足を開かせた。

しばらくめずらしげに見入っていたが、やがてひとり言のようにつぶやいた。

「両脇って、意外とふっくらしてる……すごい。子供みたいにつるつる」

あまり色気のない感想だったが、新しい股間がすっかり気に入ったようだ。

僕は、まだ充分にうるおっている花びらに、指を挿し入れた。

「あ、んっ」

M奴隷は目を閉じて、眉を寄せる。

だが足は閉じずに、男の指をしっかりとくわえた。

本格的にSMに興味を持ったのはつい最近だと言っていたが、ミュウにはあまり迷いというものがない。

こちらがしかける行為を次々と受け入れ、すぐによろこびをしめしはじめる。

かといって、ニンフォマニア(色情狂)というわけではなく、未経験らしい羞恥や初々しいとまどいも同時に見せる。

自分のM性を自覚した女性は、なかなかそれを認められず、自分自身を嫌悪し傷つける行為に走ることがある。マゾというおぞましいものに生まれてしまった自分を卑しみ、苦痛の大きいハードなプレイで罰したりするのだ。

プレイでどんなに体がよろこんだとしても、それがM女性を幸福にしてくれるとは限らない。パートナーのS男性にも解消できない、女性特有の闇があるのだ。

だが、そういった自己嫌悪や虚無が、ミュウにはない。Mであることをネガティブに捉えず、むしろよろこびをもってそれを受け入れているように見えた。

あるいは、アキ女王様という友達を持っていることが、自己肯定を助けてくれたのかもしれない。

「ミュウのここは、すぐに締めてくる」

「あっ。だって……気持ちいい。久我さん、好き……」

とぎれとぎれにそう言うと、僕の指をくわえたまま、腰をうねらせた。

「僕が好き？」

そんなことは、JUNCTIONにいるときからわかっていたが、彼女の口からはっきりと言わせたかった。

ミュウは何度もうなずき、

「久我さんが、好き。大好き！」

半ば意識を飛ばしながら夢中で答える。

「じゃあ、これはできるかな？」

僕は股間で半だちになっているものに手を添えて、鼻先へ突きつけた。

最初は驚きためらっていたものの、すぐに正座して唇を開き、くわえてきた。

あまりうまいフェラチオではなかった。

だが、どこか狂おしいそれは、男を興奮させるのに充分だった。

数分で臨界点に達した僕は、ミュウの口内へ思いきり射精した。

精液をためたままの彼女に、

「吐き出して」

と告げる。

床へ落ちた白濁が排水口へ流れていくのを待たず、細い体を立ちあがらせて、キスをした。

舌を深く挿し入れ、口の中を拭ってやる。

自分の精の残滓《ざんし》を味わいながら、両手で彼女の頭をつかみ、何度も唇を重ね合わせた。

風呂《ふろ》からあがって、裸のまま潜りこんだベッドの中で、ミュウはいくらか遠慮がちに甘えてきた。

はじめてのプレイにしては少々やりすぎだったが、どうやら気に入ってもらえたようだ。

僕は柔らかな体を腕の中に囲いこみ、額にキスをした。

「SMがしたくなったら、僕に連絡して。SMバーで相手を探すのもいいけど、中には危ないヤツもいるから」

いくらアキ女王様がいるといっても、常に気を配っているわけにはいかないだろう。もうただの知り合いではなくなった相手を、すこしでも危険な目にあわせたくなかった。

ミュウは、ためらうそぶりを見せた。

「あの……」

「うん？」

「私、ここにいてはダメ？」

「ここに、って……ずっと、ここにいるってこと？」

腕の中の小さな頭がうなずく。

「私、久我さんのそばにいたいの。久我さんの、奴隷になりたいの！」

ミュウは声に力をこめ、一気に言った。

僕は少々面食らった。

彼女が好意を持ってくれているのは知っていたし、今夜のプレイを気に入ってくれているのもわかっていた。

僕だってもちろんミュウのことは気に入っている。でなければ、ここまでしたりしない。

だが、こういうことは慎重に進めないと先へ行くほど、こんなはずじゃなかった、となって失敗するのだ。

「ミュウ」

僕はベッドの上に起きあがった。

「今日のちょっとした体験だけで、そういう大事なことを決めちゃいけない。奴隷になるというのは、君が思っているよりも、はるかに大変なことだ。英語の勉強をするという目標もあるんだし、もうすこしプレイの経験を積んで、自分の中の欲求をよく理解してから、ゆっくり道を決めたほうがいい。僕は、いつでも相手をしてあげるから」

「勢いで、こんなことを言ってるんじゃないの！」

ミュウも起きあがり、房事の余韻を拭った澄んだ瞳をあげる。

「私、想像するだけだった世界が、今やっと現実のものになった気がしてる。こんなに感じるなんて……こんなにうれしいなんて……もう、ぜんぶが思った以上だった。まだなにもわからないけど、教えてくれたら言うとおりにするから……久我さんがよろこんでくれるような、よい奴隷になるから」

だからここにいさせてと、涙ぐんだ。その訴える姿には、尋常ではない熱い思いがこめられていた。

彼女なら、容姿も反応のよさも、明るくて無邪気な性格も、パートナーとして申し分ない。だから、ゆくゆくは完全に自分のものにするつもりでいるし、多少の自信もある。

だが、ＳＭにおける主従関係というものは恋愛の延長線上にあるものではない。

主の創り出す世界の住人となり、その価値観の中で生きるということだ。

言いかえれば、自分というものを棄てて、主の絶対的支配の中に安息を見出《みいだ》すことが、奴隷になるということなのだが、それを彼女がわかっているとはとても思えなかった。

今は僕に対する好意だけで、たいていのことは受け入れるだろう。

しかし、これから調教が進めば、自分の思いちがいに気づくことも、きっとあるはずだ。

(だがまあ……そのときは、そのときか)

僕は心の中でひとりごちた。

「ここにいたいなら条件がある。まず、英語の学校へは必ず行くこと」

SMという非現実の世界を成立させるためには、表の世界である現実をしっかり確立しておく必要がある。

これをしておかないとM女のすべてが虚構に呑《の》みこまれ、やがては自分自身をも見失ってしまう。

それでは、この世に生まれてきた意味がない。

自分の意志で自由に生きてこその人生なのだ。

現実とのバランスをとるために、非現実の愉悦があることを忘れてはならない。

「それからもうひとつ。今までどおり、週に一度は実家へ帰ること」

週に一度の里帰りは、ミュウがふたたび上京することを言い出したときの、両親からの条件だったのだという。

自堕落な生活をしないための用心ということなのだろうが、これは僕らの関係にとって好都合だった。

自分が生まれ育ったところは、現実をとり戻すのにもっともふさわしい場所だ。家族との会話は、東京での虚構をいつでもリセットしてくれる。

ミュウは、条件をすべて実行すると約束した。

僕は改めて、かわいい体を抱きしめた。

「じゃあ、女王様に電話しなさい。僕の奴隷になることにしました、ってね」

次の日ミュウは、大きなボストンバッグひとつで、僕の部屋へ引っ越してきた。クローゼットの空いたところへ彼女の衣類を適当に突っこみ、夕方からは足りないものを買いにふたりで街へ出た。

「なんか、新婚さんみたい」

と、新米奴隷ははしゃぐ。

食器を買うつもりで入った雑貨屋で僕のシャツの裾を引きながら小声で言った。

「ねえねえ、このクリップ……使えそう」

とりあげたのは、カラフルなプラスチックの髪留めだった。星形やハート形、リボン形のものなどがあって、大きさはどれも三センチくらいだ。内側には、髪から滑り落ちないように、先をまるくした突起が何本もついている。

「なるほどね」

僕は星形のものを手にとり、ミュウのTシャツの胸に止めた。

「こんなので挟まれたら泣いちゃいそうだな」

バネはたいして強くないが、裸の胸を挟んだら突起に圧迫されてかなり痛いだろう。

だが、ミュウは僕の手首をつかみ、うるんだ瞳で見あげながら言った。

「……泣いても……許さないで」

「ここ、いじめられるの、好きだもんな」

僕はそう言って、彼女の胸からクリップをはずす。

結局、その小さなプレイ道具を六個買った。

夜は、僕がキノコのクリームパスタと生ハムのサラダを作った。ミュウは料理がまったくできなかったのだ。

「笑っちゃうほど才能がないの」

「今まではどうしてたんだ」

「アキちゃんに、みんな作ってもらってた。彼女、すごく料理がうまいの。冷蔵庫にあるもので、チャチャッと作っちゃう。しかも、おいしいの」

「まずいものを料理とは言わないよ。ただの無駄だ。材料の無駄、光熱費の無駄、時間の無駄」

ミュウは笑い転げた。

「おつかしいっ。久我さん、おもしろいっ。そういうところも、すごく好き」

ダイニングの椅子《いす》から落ちそうになっている彼女を見ながら、僕はほんのりと温かなものを感じていた。それを現実と呼ぶには、まだ淡すぎたけれども。

あと片づけを終えると、僕たちは買ってきたクリップをさっそく試すことにした。ミュウは服を脱いでしまうと、すぐにMのまなざしになった。

両手に六個のクリップを乗せて、僕の前にひざまずく。

「黙っていてはわからないよ。これをどうしてほしいんだ」

「これで胸を……いじめてください」

「ご主人様、お願いします……だろう？」

「ご主人様……お願いします」

ミュウに、はじめて「ご主人様」と言わせた瞬間だった。

僕は彼女のアゴをつかみ、奴隷としての作法を教えた。

「自分は奴隷だと思っているあいだは、僕をご主人様と呼びなさい。責めも、奉仕も、オーガズムも、僕の許可を得てからだ。わかったね」

「はい」

M奴隷は素直にうなずいた。

「排泄《はいせつ》は、すべて主の前ですること。食事も床に置いた食器からするのが基本」

僕は、さっきふたりで買った、大きな赤いサラダボールを持ってきた。

「今日から、これが餌皿《えざら》だ。そして……」

と言いながら片膝をつき、ミュウと目線を合わせる。

「食事のとき以外は便器にもなる。おしっこはぜんぶここにしなさい」

奴隷の瞳の中に、明らかな驚きが浮かんだ。

僕はその瞳に微笑むと、彼女の髪をくしゃりとなでた。

「ほら、そこでおしっこしてごらん。上手にできたら、ご褒美にクリップでいじめてやろう」

ミュウのように好奇心旺盛《おうせい》で積極的なタイプは、苦痛を求めがちになる。自分の知らない刺激を、早く試してみたくてしかたがないのだ。

だが、そればかり与えていると、だんだん歯止めが利かなくなって、体をひどく傷つける行為にまで発展しかねない。

主となったSはMの欲求をコントロールし、心身を守ってやる必要がある。

僕はまず、主の要求に応え、身を委《ゆだ》ねることの幸福感をミュウに教えるつもりだった。苦痛は、そのための課題をひとつこなすごとに褒美として与える。

「さあ、やってごらん。さっき、たくさんジュースを飲んだから、おしっこもたまっているだろう」

奴隷はかなりとまどっていたが、それでも命令に従おうとして、自分の頭より大きいサラダボールをしゃがんだ足のあいだに持ってきた。

そして呼吸を整えると、神経を集中してゆく。

だが、肝腎《かんじん》なものはなかなか出てこない。

最初は、たいていそんなものだ。決して他人には見せない恥ずかしい行為を目の前でしてみせろと言われても、緊張のほうが勝ってしまってうまくいかない。

言われてすぐできるM女など、めったにいないのだ。

僕は気長に待ってやったが、ミュウのほうが半泣きになってきた。

「焦らなくていいから、落ちついて」

声をかけてやると小さくうなずき、また眉に力をこめて一生懸命に集中する。

そのうち、やっとしずくが無毛の割れ目から一滴、二滴と落ちはじめた。

そのまま待っていると、しずくは連続し、流れになり、やがて奔流となってほとばしりはじめた。

奴隷は唇をすこし開いたまま目を閉じ、頬を上気させている。

買いものから帰ってきて、一度もトイレを許可していなかったため、尿の量は七〇〇ＣＣほどもあった。

「いっぱい出たね」

褒めてやると、ミュウは恥ずかしげにうつむいた。

それがかわいくて左右の乳首を一度ずつひねってやると、甘い声をあげて身をよじり、割れ目にからんだ黄金のしずくをふり落とす。

「今日は、もうひとつ教えてやろう。それができたら、今度こそ本当にクリップだ」

いくらか不安そうな目をする奴隷におしっこ入りのボールを持たせると、バスルームへ連れていった。

「そこへ四つん這《ば》いになって、こっちへお尻をむけてごらん」

ミュウはサラダボールを脇へ置くと、言われたとおりのポーズをとった。

僕は、あらかじめ用意しておいたガラスの浣腸器《かんちょう》をとり出すと、目の前に持っていって見せた。

「これで、おしっこをおなかに入れてやる。たった今出したものが、また自分の中へ戻るんだ」

ミュウは唇を震わせ、僕を見あげた。

「浣腸は、はじめて？」

うなずく顔がこわばっている。

「うれしいか？」

視線をしっかり捉えながら訊くと、

「あっ、ああ」

とあえいで、イヤイヤをする。

だが、瞳はうるんで喜悦の色を浮かべていた。

ヴァギナを探ってみれば、日向《ひなた》のアイスクリームのように溶けている。

「うれしいみたいだな」

僕は笑って、ふたたびミュウのうしろへまわり、サラダボールから黄金色の液体を吸いあげた。

尿は本来無菌だ。雑菌がつくのは、排出されたあとのことだ。だから飲尿健康法などというものをやっても大丈夫なわけだが、一般的な感覚だと排泄物は汚いものに感じる。

それを体内に入れる。しかも、自分が出したばかりのものを。

M奴隷は今、その二重の被虐に翻弄《ほんろう》されているはずだ。

僕は、クレバスからあふれ出る粘液をアヌスのほうに伸ばし、充分ぬめりを与えると、浣腸器のノズルを挿しこんだ。

ミュウが、ビクンと背を反らす。

「入れるぞ」

「あっ、んん……ああ！」

はじめての感覚に息を乱す様子を見ながら、ピストンをゆっくり押して一回分の容量二〇〇CCを入れてしまう。

この程度ではたいした膨満感も排泄感もないはずだ。

ボールから二回目の尿を吸いあげ、奴隷の張りつめた背中に声をかける。

「もう一本いくぞ」

「あうっ……ううん！」

シリンダーの中身が半分以上入って、さすがにたまってきた感じがするのだろう。あげる声に余裕がなくなってきた。

今日は最初だから、適当なところでやめておくつもりだった。

だがミュウは、自分の出した量をぜんぶ飲みこまなければいけないのだと思っていたらしい。

「もっといけそうか？」

という問いかけに、必ず「大丈夫です」と答え、とうとうすべて腸内へ収めてしまった。

「終わったよ」

そう言って髪をかきあげてやると、かなり苦しかったのだろう、すっかり汗をかいている。

「がんばったね」

僕は褒めた。

「じゃあ、もうすこしがんばろうか」

もうほとんど口もきけなくなっているミュウを起こす。

そして壁ぎわに立たせると、

「そこで、オナニーしてごらん」

と命じた。

「そんな……できな……い」

奴隷は苦しげに首をふった。立っているだけでもつらいのだろう。

「イクまでは、中のものを出しちゃダメだよ」

そう告げると、膝から崩れそうになった。

「立って」

「ダメ……許して……お願い」

泣き出したミュウに、僕は大きくため息をついてみせ、手を伸ばしてすべらかな股間に割りこませた。

「こんなにトロトロなら、すぐにもイケそうだ」

クリトリスをこするように手を動かしてやると、驚いて悲鳴のような声をあげ、腰を引こうとする。

それを左腕でガッチリと捕まえ、なおも股間を刺激した。

「イヤッ、やめてぇ」

うしろの排泄感と前の快感にたまりかねたのだろう。僕の腕に爪《つめ》を立てて壁に尻を押しつける。

「ああ、出る……出ちゃう！」

「イクまではだめだ。我慢しなさい」

「あ、あ、あ……だめ……だめ、ああっ、あああっ！」

ミュウが首を反らすのと、うしろからほとばしり出るのとは、ほとんど同時だった。壁に背中をつけたまま、ミュウはずるずるとしゃがみこんだ。僕はそこへ、サラダボールをあてがってやった。

「いやぁ、見ないでぇ」

間歇《かんけつ》的に出てくるものの中に、液体以外のものがまじっていることを、自分でもわかったのだろう。そう言って、顔をおおってしまった。

「排泄は、いつも僕の前でするように言っただろう。これからは、毎日そうするんだ」

僕は、ミュウの手を顔から引きはがした。

「ご主人様には、すべてを見せる。それが奴隷だ」

そう言って聞かせると、涙ぐんで首を横にふった。

「こんなの無理……汚い……いや」

「どうして。今のミュウは、とてもきれいだよ」

泣き顔が、ハッと動いた。

「き、れい？」

「きれいだよ」

僕は、もう一度言った。

恥ずかしくてたまらない姿をさらし、それでも快感に耐えきれず、全身を染めながら花唇をしとどに濡らしてしまう奴隷は、とてつもなくエロティックで、美しかった。

ミュウはまた泣くと僕にしがみつき、すべてを排泄した。

ボールの中身をトイレに流し、まだいくらか放心状態の体を洗ってやって、寝室のベッドへ連れていく。

「さあ、ちゃんと出すところを見せられたから今度こそお待ちかねのご褒美だ」

腕の中へ抱きとった体にささやくと、柔らかく当たる胸が震えた。

僕は、ベッドサイドに置いてあったリボンのクリップをひとつとった。

「最初はどこがいい？」

ミュウは、まだ涙が残っているような瞳で甘えるように僕を見あげ、

「胸……」

と、小さな声で言った。

返事の代わりに微笑んで、白い胸の先に黄色いリボンをとめる。

「あああ！」

アゴをあげて声を放つが、胸は次の責めを待つように突き出したままだ。

もう片方にもリボンをとめてやると、ミュウは腕からこぼれ落ちそうに背を反らせた。

「あっ、あああ！」

想像以上の痛みだったのだろう。

ローズ色の乳首はひしゃげて楕円形になり、突起が食いこんでいる。

頭をふって痛がる姿に、

「許してほしいか？」

と、助け船を出す。

ミュウはしばらくシーツをつかんでうめいていたが、やがて首をふった。

「……イヤ……許さないで」

絞り出すようにそう言うと、また耐えはじめた。

我慢強い奴隷にご褒美のキスをひとつすると、今度はハート形のをとりあげた。

次のターゲットはクリトリスだ。

大きく開かせた足のあいだを見れば、すでにびっしょり濡れて糸を引いている。

痛みを快楽に変換できる優秀な奴隷の証拠だ。

荒い息づかいを聞きながら、すべって止めにくい肉芽の両脇を押さえ、先端をむき出しにした。

「あっ、あっ」

という切羽つまった声がして、腕の中の体に力が入る。

レインボーカラーのハートで充血した肉のとがりを挟むと、

「きゃあああ！」

空気を引きさくような甲高い悲鳴があがった。

「はずすか。もういっぱいか？」

訊いたが、今度も奴隷は首をふった。

もはや言葉もなく、ひたすら耐えている。

この程度のクリップなら、三十分くらいつけておいても体に害はない。

望みどおり、さらに責めてやることにした。

「じゃあ、次はラビアだ」

膝を立たせて、太腿の下から腕をまわすと、その動きだけで奴隷はうめいた。

尻の下にティッシュを厚くあてがい、半ば上を向いた淫らな花園を指でひろげる。

「痛くてもこんなに濡らしてすごいな」

うめく奴隷の源泉を指先で軽くなぶり、星のクリップを二枚の花びらにひとつずつとめた。

「きゃあああっ、あああっ、い、ああ、あああ！」

さらに蜜があふれ出す。

最後に残ったハート形のクリップは、叫びつづける口から舌を引き出し、先端にとめた。

「えあ、あ、えうう……」

はっきり叫ぶこともできなくなったM奴隷は、ただシーツをつかんで身もだえている。

「さあ、お散歩だ」

僕はそういうと、舌にとめたハートのクリップをつかんで引っぱった。奴隷はあわてててついてきて、ベッドを降りた。

「四つん這いになりなさい」

言われたとおり四つん這いになって見あげる顔を軽くたたき、舌をゆっくりと引っぱって歩かせる。

奴隷は必死に頭をあげ、ついてきた。

「え、え、ああ、うわ……」

奇妙な声をあげながら舌を出し、四本足で歩く姿はもはや人間ではない。

だが、その目には、とろけるような愉悦の光が宿っている。

痛みが体になじみ、感覚が被虐の向こう側へ行ってしまったのだろう。

そうなったM女は、もうどんな痛みも瞬時に快楽へと変換できる。

僕は久しぶりにSの高揚感を覚えた。

歩きながら、舌ばかりでなく、胸やラビアも順番に引っぱってやる。クリトリスは、クリップの上から強くつまんで、奇妙な叫び声をさらにあげさせた。

奴隷は刺激されるたびに、もっと痛みをくれとばかりに背をうねらせた。

そうやってベッドのまわりを二周したあと、クリップをはずして普通に抱き合った。

ミュウは何度でもイキ、僕の体のあちこちに爪を立てた。

相性のよさは、もうずっと前からのパートナーのようで、

(運命なのか?)

らしくない言葉が頭をよぎる。

いずれにせよ、このかわいい子猫のようなミュウを、とうぶん手放せそうになかった。


昼食後に、ミュウが僕の膝のうえに座って、キーボードをたたく。

僕は彼女をかかえたまま、二人羽織よろしく、うしろから腕を伸ばしてマウスでクリックしてやる。

今日はふたりで、アダルトグッズを注文しているのだ。

「ラバーの手枷《てかせ》と足枷は欲しいなぁ……あ、このボールギャグも、ちょっと欲しい。久我さん、持ってる?」

「いや、持ってないよ。興味あるの？」

「うん」

ミュウは頬を染めながらうつむいた。

「なんかね、自分がこういうので拘束されるところを想像すると、ゾクゾクするの」

小さい頃、誘拐されて拷問される自分をよく想像していたのだという。

生まれつきの真性M女らしい話に、僕は笑った。

「どんな拷問をされたんだ」

「うんとね、柱に縛りつけられてムチで打たれたり、逆さ吊りにされて頭を水に沈められたり……でも声を出しちゃいけないの。外へ聞こえるから。だから、猿轡《さるぐつわ》をされて、うぅ、うぅ、ってうなるだけ」

「ひどい目にあっていても、誰も知らないから、助けも来ないってことか」

「そうそう。もう、この状況からは逃れようがないんだってことが、ますますよくてジンとしちゃうの」

ミュウはそう言って、はじけるように笑った。

「それ、いくつのとき？」

「小学校五年生くらい。早すぎ？」

「そうでもないだろ。僕がSに目覚めたのは、五歳のときだったから」

「ええ、早すぎっ。絶対、ヘンっ。どうしてぇ！」

「どうしてって、親父《おやじ》の持ってたアダルト雑誌に、そういう責め絵が載ってたんだよ。子供の作り方も知らなかったくせに、妙に興奮して、何度もこっそり見に行った」

ミュウは大笑いした。

「ませてるぅ。かわいい！」

いっしょに僕も笑い、ボールギャグを買いものカゴに入れる。

次に彼女が目を止めたのは、アナル調教グッズだった。

「これ……」

指さしたのはラグビーボールのように中間がふくらんだラバーのプラグだ。しかも、直径五センチのヤツなので却下した。

「これは無理。もっと小さいのにしなさい。今ならせいぜいこのくらいだな」

そう言いながら、三センチのものをクリックして開いてやる。

説明書を熱心に読むミュウに訊いてみた。

「浣腸がよかったのか？」

うしろから顔をのぞきこむと、唇をかんで赤くなっている。

「ああいう恥ずかしいのが好きなんだな」

「ちがっ……あ、ううん、えっと、その、嫌いじゃないけど……」

「嫌いじゃないけど？」

「うん……えっとね……」

「なんだ。はっきり言えよ」

「……お、お尻が、気持ちよかったの！」

耳まで赤くしながら白状した。

「そうか」

笑いながらうしろから抱きしめ、首すじに軽くキスをする。

「どこがどうよかったんだ」

訊くと、ミュウは言葉を探しながら答えた。

「うんと、なんか、やったらダメなことをしている……背徳感っていうか」

普通ではない行為で、しかも入れられているのは自分が排泄した尿だというこ
との異常さに興奮したのだという。

「それから？」

「……おなかの中におしっこがたくさん入ってきて、奥のほうまで行くのが、もうどうしよう、どうしようって感じだった。私の体って、こんなこともできるんだって驚いたし、もっと奥まで犯してほしいとも思ったの」

ふだん意識することもない内臓の奥を犯されたことが、Mの新しい扉を開いたらしい。

「だからね、もっとお尻でいろいろしてみたい。自分がどんなふうになるのか知りたいの」

東洋医学だと仙骨のあたりに快感のツボがあり、肛門性交のエクスタシーはこれによって得られるのだそうだ。

前よりうしろでするほうが気持ちいいという人もいるくらいだ。

「勉強熱心だね」

僕は褒めておいて、プラグのほかにローションとアナルバイブを買うことにした。アナルバイブは、ポンプで空気を送って大きさが変えられるようになっている。

さらに先のページを見てゆくと、コスチュームのコーナーがあった。

Hな下着やメイド服などがずらりと並んでいる。

乳房がむき出しになるブラジャーや、クロッチ部分が割れている過激なパンティーなどは、どぎつすぎてあまりミュウに似合わない気がした。

「あ、これ、買おうか」

僕がしめしたのは、猫耳のカチューシャとノースリーブのミニワンピースだ。胸の部分はレースになっていて、素肌に着ると乳房が透けて見える。スカートのうしろにはまるい尻尾《しっぽ》がついていた。

「あっ、かわいい！」

「奴隷のあいだは、いつもこれをつけてご主人様にご奉仕する」

「うん、それいいっ。そうさせて！」

ミュウもすっかり気に入ったようだったので、その猫セットを購入した。

「ねえねえ、そしたら、首輪も欲しい」

ふり返ってそう言う顔が期待で輝いている。

「何色がいい？」

「ワンピや猫耳が黒だから、赤がいい」

僕はマウスを操作しながら、細い首を片手で軽く締めた。

「ああっ……」

あえぎとともに腰が揺れる。

「きっとよく似合うよ」

そのささやきを、ミュウは吐息で受け止めた。


注文したグッズは二日後に届き、さっそくふたりでパッケージを開ける。

フリルと尻尾のついたミニワンピースは思った以上にかわいく、試着したミュウは、寝室からスタンドミラーを持ってきて、角度を変えながら全身を映した。

黒いサテンのスカートからまっすぐに伸びた足は形がよく、レースから透けて見える胸は、乳首がちょうど花柄で隠されている。

ぜんぶ見えているときよりむしろ煽情的《せんじょう》で、なかなかよかった。

「おお、いいね」

「本当？　かわいい？」

無言で、うんとうなずき、レースの上から、手にあまる豊かな乳房をつかんでやる。

揺さぶりながら乳首の上を親指でこすると、子猫は尻尾をふって悶《もだ》えた。

「あとでたっぷりしよう」

そうささやいて、体を離す。

ミュウはすこし残念そうにうなずいたが、すぐにラバーの手枷足枷を手にとって、僕にさし出した。自分ではうまくできないからつけてくれと言う。

四つともベルトを締めおわると、次は猫耳も捧げ持って、

「ご主人様のお好きなように、つけてください」

なにやら神妙な面持ちでそう言った。

どうも、猫耳に対する格別な思いがあるようだ。

普通は首輪のほうが重要視され、それをつけてもらうことを特別な儀式のように捉えるM女性も多い。

だが、ミュウにとってのそれは猫耳なのだろう。

僕は、どう見ても安っぽい作りの猫耳カチューシャを、もったいぶってとりあげた。

「では、誓いなさい……ミュウはご主人様の奴隷になります」

「ミュウはご主人様の奴隷になります」

彼女は素直に反芻《はんすう》した。

「ご主人様のご命令には、どんなことでも従います」

「ご主人様のご命令には、どんなことでも従います」

「ミュウのすべては、ご主人様のものです」

「ミュウのすべては、ご主人様のものです」

くり返すうちに、大きな瞳には涙が盛りあがり、誓いを終えるとこぼれ落ちた。

僕は黒い猫耳をミュウの頭に載せ、いちばんかわいく見える位置にセットしてやった。

猫耳奴隷は僕に抱きついてきて、静かに涙をこぼしつづけた。

第三章　猫耳奴隷の調教

猫耳をつけたころから、ミュウは僕の机の下に棲《す》むようになった。

机はもともと祖父が使っていたもので、イギリス製のかなり大きめなものだ。一度仕事中に机の下へ潜らせ、フェラチオさせたところ、そこの狭さがミュウのM指向に合ってしまったらしい。言ってみれば檻の代わりだった。

僕は昼寝用の小ぶりなマットと、大きめのやわらかいクッションを買ってきて、ミュウの檻に入れてやり、首輪につけた鎖を机の足のひとつにつないだ。

僕が仕事をするとき、猫耳奴隷は足にまつわりついてきて指先にキスをし、フェラチオをせがむ。

はじめてさせたときの緊張が嘘《うそ》のように、彼女はこれが大好きになった。

しかし、毎回願いを叶《かな》えてやるわけではなく、

「仕事の邪魔だ」

と、邪険にするときもある。そうすると、

「ああん、ああん」

と、不満そうに泣いて、机の足を猫のように手で引っかいた。

そのほかにも、オナニーの許可を求めてくるときがあった。

ワンピースの下にはなにもつけていないため、裾をまくりあげて、

「ここを触ってもいいですか」

と訊いてくる。

そんなときは、

「いいよ」

と許可して、すこし椅子を引いて空間を広くしてやる。

猫耳奴隷は、

「ありがとうございます」

と言って、クッションに背中と頭を預け、机の幅いっぱいに足をM字に開き、ひろげた肉襞に指を挿しこんだ。

僕のほうから、

「三本入れなさい」

と指定することもあったし、さわることを許さずに、ただ足をひろげさせ、放置することもあった。

さわりたいのにさわれないせつなさに、子猫の股間は勝手にうるおい、豊満な乳房を震わせてあえぎつづける。

これまで自分で慰めたことは数えるほどだと言っていたが、ここへ来てからは毎日、何回でもしたがった。

奴隷として机の下にいると、どうしてもエロティックな気分になって、欲情してしまうらしい。

体をさわらせないまま数分放置すると、湧《わ》きあがってくるエクスタシーに耐えきれず、頭や肩をぶつけながら、腰を激しくグラインドさせる。

絶頂のオーガズムとはまた違う快楽は、脳内を攪乱《かくらん》して奴隷の被虐感をいっそう強めるようだ。

主としては、奴隷の欲望を支配し楽しむための恰好の責めだった。

排泄は、たいてい首輪の鎖の伸びる範囲でさせた。

むろんそのときは、

「ご主人様、おしっこをしてもよろしいでしょうか」

と、許可を求め、僕が許せば、

「ご主人様、ミュウの恥ずかしいところを見ていてください」

と言って、しはじめるのだ。

最初のように緊張することはもうない。すぐに黄色い液体がほとばしる。ほとんどの場合、愛液もいっしょに流れてきて、小水が出おわったあとに粘液が珠《たま》となって伝い落ちた。ミュウがSMを始めて十日ほどであることを考えると、驚くべき淫乱ぶりだった。

だが、僕が机を離れてしまえば、そこでまるくなって眠ることもあった。まさに犬小屋ならぬ猫小屋で、欲情も安らぎもそこにあった。居場所を見つけたミュウの心や体は急速に進化し、ますます奴隷らしくなっていった。

一度、ネット上に掲載された英文の「マスター・アンド・スレイブ・ルール」というのを見せたことがあった。

奴隷のよろこびは主に仕えることであり、奴隷は主にすべてを委ねる、という観念的なものから、主に所有された証《あかし》として、主が望む場所に刺青《いれずみ》、焼印などの刻印を入れる、奴隷の口はヴァギナと同じであり、主の求めに応じていつでも提供する、といった具体的なことまで、百項目以上にわたって書かれたものだ。

英語の勉強をしたいというだけあって、たまに辞書を引くくらいで、ミュウはそれを読みこなした。

わかりにくいところやSM用語などは、僕が訳してやった。

読みおわると、彼女は質問してきた。

「なにもかもマスターに委ねると言っても、マスターが奴隷の気持ちをすべてわかっているとは限らないでしょ？」

猫耳はつけていないから、今は現実世界の会話だ。そういうときのふたりは、もちろん対等である。

「それはそうだよ。最初はマスターも手探りさ。僕だってミュウがなにを求めているか、ぜんぶわかっているわけじゃない」

「じゃあ、奴隷はどんどん希望を言っていいの？」

「いいよ、今のところはね」

「今のところはって……そのうち、希望を聞いてもらえなくなるの？」

「そうじゃない。調教が進むと、主の望みが奴隷の希望とイコールになってくるんだ」

「奴隷は自分の望みを持たなくなるの？」

「そうとも言えるね。主の望みにそうこと自体が奴隷の願いになってくる」

「それって、うれしいのかどうかよくわからない」

「そうだなあ、これはいちばん難しいところだろうな。苦痛を与えて、そこから快感を得させることは比較的簡単だ。脳の仕組みがそうなっていて、慣れればすぐに快楽ホルモンが出るようになる。それを望んでいるMも多いしね。だけど、奴隷のよろこびというのは、物理的な刺激の中にだけあるものじゃないんだ。主従関係を結ぶ本当の意義は、自分のすべてを主に委ね、服従することとよって得られる安らぎの中にある」

「服従することによって、安らぎが得られるの？」

ミュウは首をかしげて、ちょっと唇をとがらせた。

「この感覚は、言葉で説明してもよくわからないかもしれない。自分で体得するしかないんだろうな」

「でも、もうすこし説明して」

そうせがむ彼女を膝の上に抱きあげ、両腕で包んだ。

「こうされて、今どんな気持ち？」

「うれしい。安心する。温かい。いい匂い……しあわせ」

単語を連ねながら、ミュウは僕の腕の中で、首をすくめて笑った。

「僕以外のことを、なにか考えてる？」

「ううん、ぜんぜんっ。久我さんのことだけ思って、久我さんのぬくもりだけを感じてる」

「ほかのことを考えたいとは思わない？」

「思わない。こんなにしあわせなのに、ほかのことなんか考えたくない」

そう言うと、とつぜん顔をあげて、

「あ、そうか！」

と叫んだ。

なにか閃《ひらめ》くものがあったのだろう。

「ほかになにも考えなくていい状況を、ご主人様が作ってくれるのね。だから奴隷は、すべてをご主人様に委ねていればいいんだ」

「そう思えるようになるまでには、時間をかけて心のつながりを築く必要があるけどね。あんまり信用できないヤツに、そう簡単に自分は委ねられないだろ？　主従の信頼関係は、普通の恋人どうしよりも純粋で強固なものだから」

「そうなのね……なんとなく、わかった気がする」

「無理して奴隷になろうとしなくていい。人それぞれ、いろいろな形があるし、ミュウができることからやっていけばいいから。もちろん、僕も黙って見ているわけじゃない。ミュウが迷わないように、しつけやお仕置きで向かうべき道をそのつどしめす。対話も欠かさない。それが調教ということさ」

僕の説明に納得したのか、ミュウは、

「うん」

と、まじめな顔でうなずいた。

そのことがあって以来、彼女はすこしずつ変わってきた。

責めを求めるばかりでなく、奉仕に対しても積極的になり、フェラチオで射精したさいの精液も、うまく飲みくだせるようになった。

便器併用のボールでの食事も、最初はとまどっていたが、すぐに抵抗なくできるようになった。

今では手を使わずに、かなりきれいに食べられる。

試しに、小水を捨てたあと洗わずにご飯を入れてやると、驚いて涙ぐみ、僕を見あげた。

「つらいか」

と訊くと、

「わからない」

と、首をふる。

目線を合わせて感情を探ってみたが、迷っているだけで、嫌悪は見えない。

主の声で命ずると、ミュウは、

「食べなさい」

「はい」

と、小さく言って食べはじめた。

そのうちに目を閉じ、ときおりため息をつくようになった。

自分は奴隷であり、ご主人様からいただくものはなんでも食べるというシチュエーションに、完全に入りこんだのだろう。

悪くない感触を得た僕は、ときどきそれをやるようになった。

そしてある日、例によって机の下にいる子猫にこう言ってみた。

「もう、なんでもできそうだね」

「はい。ミュウはご主人様によろこんでいただけることが、いちばんのよろこびです」

いかにも奴隷らしい言葉づかいで応えた。

「そうか」

僕は机の下の暗がりから、澄んだきらめきを返してくるミュウの瞳を見つめた。

「じゃあ、ご主人様の便器にもなれるかな？」

猫耳をつけた頭が、すこし考えるようにかしいだ。

「僕のおしっこを飲んでごらん」

椅子に座って、目の前にコックを出してやる。

ミュウは目を見開き、ためらっていたが、おずおずと顔を前に出し、半分くらいくわえた。

「無理しなくていいから。飲みこめなかったら、ボールに吐き出しなさい」

奉仕プレイの中でも、飲尿はかなり上級の部類に入る。

主をよろこばせたいという気持ちはあっても、そう簡単にできるようなものではない。

「ミュウは、ご主人様に仕える奴隷だ。ご主人様の命令があれば、いつでもどこでも口を開けて便器の代わりをする。ご主人様から出たものは、ミュウの体の中に入り、吸収され、やがて全身をめぐる体液となる」

僕は簡単なストーリーを語ってやって、奴隷の想像力を刺激した。

主従関係は、しょせん幻想の産物だ。シチュエーションを感情で納得できれば、たいていのことはクリアできる。

そのためには、Mが充分な想像力を持っている必要がある。

さいわい、ミュウはそれに恵まれていた。

「…………」

彼女は目を閉じて、僕の言葉を聞いていた。

その表情から最初のとまどいが消えた頃を見はからって、いよいよ放尿を開始した。

「ん！」

ミュウが眉をひそめる。喉の奥にたまりはじめた渋くて塩辛い液体を持てあまして首をふる。

僕は水栓を閉じて、コックを一度抜いてやった。

ミュウはかなり苦労して……まさに意を決してというような顔をして、たまったものを飲みくだした。

興奮からか、息を乱して肩を上げ下げしている。

僕は、

「できたね」

猫耳のすぐうしろをなでてやりながら褒めた。

「まだ……ご主人様、ぜんぶ出して……ない」

喉を通った液体にむせてか、ミュウはとぎれとぎれに言って、僕を見あげた。

ふだんは強情というわけでもないのに、プレイとなるとひどく果敢になる。

「じゃあ、もう一度、口を開けなさい」

ともあれ、主としては奴隷の意欲を活かしてやらなければならない。

ミュウはふたたびコックをくわえると、目を閉じた。

僕は、間を空けずに水栓を解放した。

飲みこむスピードに合わせて、すこしずつ出す。だが途中から飲むよりたまる量のほうが多くなって、奴隷はあえなく首をふった。

コックを抜いてやると、ミュウは床に両手をつき、背をまるめて吐きそうにながら、やっと飲みこんだ。

「……ごめん……なさい」

荒く息をつぎながらそう言う彼女を、

「最初はこれで充分だ。そのうち、もっと楽にできるようになるよ。あわてることはない」

とねぎらった。

だが、ミュウは激しく首をふった。

「ご主人様のことがこんなに好きなのに、ぜんぶ飲めないなんておかしい。きっと、まだ奴隷になりきれていないのっ……ごめんなさい」

涙ぐんだ顔に悲愴《ひそう》なものが漂っている。

「ミュウ……」

僕は、その頬を両手で包んでやった。

「誰かを受け入れることは、普通の人間関係でもとても大変なことだ。まして、ご主人様という存在のすべてを受け入れなければならない奴隷には、精神的にも肉体的にもそうとうの負担がかかる。僕を受け入れたいという気持ちさえあれば、いずれなんでもできるようになるよ」

「いずれじゃダメなの。今すぐじゃないと……」

ミュウはそう言って、あとの言葉を呑みこむように黙った。

いつになくかたくなな彼女に、僕は苦笑した。

積極的なM女は、プレイに対して貪欲《どんよく》になる。熱意はうれしかったが、そこまで自分を追いつめる必要はない。

非現実の、いわば人生のおまけのようなものなのだから、楽しみながらゆっくりやればいいのだ。

僕は、

「出ておいで」

と、ミュウの濡れた頬を軽くたたき、

「お茶にしよう、さっき、チーズケーキを買ってきたから」

と言った。

ミュウは飲尿が不調に終わって以来……はじめてにしては充分な成果だと、僕はくり返し言ってやったのだが……自分にできることとできないことを「マスター・アンド・スレイブ・ルール」を見ながら、書き出しはじめた。

猫耳奴隷のコスチュームのまま、ダイニングのテーブルでプリントアウトした英文とにらめっこしている彼女に、日本とアメリカでは主従のあり方や感覚が違うから、そのまま鵜呑《うの》みにしないよう注意する。

欧米では、もともと階級意識がはっきりしていて、高位の者が下位に落ちるギャップとMの感覚が結びついている。

自我も明確で、融合よりも区別が基本となり、自分は自分、他人は他人なのだ。近代になって人権意識が確立されるまで、人を人とも思わない行為がためらいもなく行われていたし、拷問や刑罰なども、日本とは比べものにならないほど残酷なものが多い。

SMプレイではいちおう安全が優先されるものの、支配服従は徹底している。

「基本的に、傷が永遠に残るようなのはやめなさい。アヌスを極端に拡張するのもダメ。年とってから、お漏らしするようになるから。一生アナルプラグをはめていたくはないだろう？」

「一生アナルプラグ」と聞いて、ミュウはしょっぱいような顔をした。

最近アヌスでも感じるようになっていて、もっと拡張してほしいと、ひそかに思っていたらしい。

「僕のが入れば充分だよ。今度は浣腸する量を増やしてやろう。我慢する時間も延長だ」

ミュウは、まだ大便の排泄に対する羞恥が強く、浣腸のあとがスムーズにいかない。

「浣腸をしてほしくておねだりするようになるまで、これから毎日してやろう」

猫耳奴隷は、腰のあたりをもじもじさせて鼻を鳴らした。

僕は仕事を一時中断すると「マスター・アンド・スレイブ・ルール」とミュウをかかえてリビングのソファーに座った。

プリントの欄外には、○と×と△がついている。

○ができる、またはしてみたいで、×は絶対イヤ。△は、興味はあるけど、できるかどうかわからない、だった。

「浣腸は○だけど、おむつは×か……じゃあ、今度いけないことしたら、浣腸しておむつをつけさせ、そのまま外へ連れ出そうか」

「い、いや……」

奴隷は震えながら、首をふった。

「前のほうにもローター入れて、ずっとスイッチを入れっぱなしにして」

この提案にも首をふる。

「人がたくさんいるところがいいな。夕方のラッシュの電車の中とか、花火大会の人ごみとか……もらしたら臭《にお》いでわかってしまうから、そうとう我慢しないといけないよな」

「そんなの無理っ。ぜったい我慢できない！」

「じゃあ、しょうがないから、立ったままおむつの中へするんだな」

「イヤーッ、イヤーッ、絶対イヤーッ」

ミュウは、僕の腕の中で激しくかぶりをふって逃れ出ようとした。

それを羽交い締めにしておいて、またリストに戻る。

「ローソクは△か。どうして？」

話題が移ってホッとしたのか、猫奴隷は小さな声で答えた。

「火はなんだか怖い。火傷《やけど》しそう」

「SM用ローソクは低温だから、火傷はしないよ」

「でも、火は火じゃない。もし落っことしたりしたら、火事になっちゃうかもしれないし」

「そんなヘマはしないよ」

　僕は笑って、彼女の足を開かせた。

「ン……」

　猫耳奴隷が、鼻の奥を鳴らして頭を反らす。

　僕の太腿をまたいで両脇に垂らした足のあいだはぐっしょりと濡れ、ワンピースの生地がすっかり湿っている。

「どこで感じちゃったんだ。本当はおむつもローソクも好きなんじゃないのか」

「ちが……！」

　必死に否定する奴隷の溶けたクレバスへ、指を入れて動かす。

「ミュウのここはつるつるだから、臘《ろう》を垂らしてもすぐにはがせる……割れ目を熱い臘で埋めつくしてやるよ。花びらをいっぱいにひろげて、クリトリスに火が触れるくらい近いところから、熱いのをたくさん垂らしてやる」

　抱きしめた体が、急に熱くなった。唇が薄く開いて、吐息が絶え間なくこぼれ出る。

「つらくても動けないように、縛ってからしようか。ん？」

「いや……い、いやあ……」

言葉とは裏腹に、体の奥はどんどん濡れてきている。

指を大きく動かして、わざと音をたてた。

「話だけでこんなに感じるなんて、ひどい淫乱だな」

恥じらって閉じようとする太腿を、片方つかんで固定し、指を二本にして肉の内部をかきまわした。

大きなあえぎとともに腰が浮いて、無毛の恥丘が前に突き出される。目もとは赤く染まり、全身が汗ばんでいる。

「次に×がついている針も、案外やれるんじゃないか」

「いやぁ」

ミュウはまた暴れたが、足をつかまれているので思うように動けない。

「お願い、針は怖いっ。あれは、いや！」

不自由な姿勢のまま、必死で僕をふり返る。

「まずは、ラビアかな。次が、ミュウの大好きな乳首。それからクリトリス」

痛みのすくない順に挙げていく。

泣き声を放ちはじめた奴隷を無視して、さらに妄想ストーリーを続けた。

「今は季節はずれだけど、十二月になったらミュウをクリスマスツリーにするのもいいな。胸やアソコや足や腕……いろんなところに鈴や星をつけた針をたくさん刺して、上からシャンパンをふりかけようか。それとも、ご主人様の聖水のほうがいいか」

たとえ実行しなくても、こういうことをしよう、ああいうことをやってみようと物語ることは、それ自体がプレイだ。

体に負担をかけることなくM性を刺激し、脳内から大量の快楽物質を引き出してやれる。

　実際にプレイしているときより、やりたいことを考えているときのほうがむしろ盛りあがる場合もある。

　僕は指を三本に増やし、

「ふりかけるより、飲むほうがいいか？」

　とささやいた。

　ミュウはもう焦点の合わない目で、かすかにうなずいた。

「じゃあ、ご主人様のシャンパンはぜんぶミュウのものだ。開口器を買って口に突っこみ、閉じられないようにしてから胃がいっぱいになるまで注《つ》いでやろう」

「ああ……」

と、よろこびの吐息を放つミュウの花筒はすっかり柔らかくなり、指を四本にしてもまだ余裕があった。

「ずいぶんひろがったな。これなら、そのうちフィストもできるようになるかもしれない」

「フィ……スト」

「ご主人様の手を、まるごとここで呑みこむんだ。最初はすこし裂けるかもしれないけど」

それとわかるほど、かかえた体が震えた。

「裂けても……いい。裂いて……裂いてください！」

ミュウは、もどかしげに身をよじった。そして僕の手をふりほどくと膝から降り、リビングのテーブルの上で、自ら足を開いて両手でかかえた。

「ご主人様をくださいっ。ここを裂いて、ご主人様がいっぱい入るようにしてください！」

妄想プレイでそうとう高まっていたのだろう。

なにかに憑《つ》かれたようなミュウは、いつになく奔放に責めを求めた。

「ようし、裂いてやる」

僕は上を向いた性器のくぼみに、ふたたび指を四本ねじこんだ。

「ああん、あ、あ、あ」

「入口も奥もグチュグチュだな。本当に裂くぞ、いいか？」

「裂いて、裂いてください！」

夢中で口走る奴隷の頭から、猫耳がはずれかかっている。

それを見ながら、右手の指四本を根元までゆっくりと押しこみ、次に愛液のしたたりでたっぷりとぬめっているアヌスにも、左手の中指と薬指を入れた。

前を限界まで開かれた体にとって、これはかなりきついはずだ。

「ひっ、あああ！」

鋭い悲鳴があがる。

「前とうしろ、いっしょに裂いてやる」

僕はそう言って、うしろの指をもう一本増やした。

「あ、あ、あああ！」

声がいちだんと高くなる。

可憐《かれん》な花は、二輪とも無惨に開かれて、今にもピンと切れそうだ。

挿しこんだ手を、ゆっくりと前後に動かしてなぶる。

「ひどいな。前の穴は伸びきって、中の粘膜がはみ出してきそうだ。お尻もゆるゆるで、三本くわえてもまだ物欲しそうにしてる。いつからこうなっちゃったんだ。ついこのあいだ、はじめて会ったときはなんにも知らなくて、心配になるくらい穴も狭かったのに」

「ああ、あ……ごめんなさい。はしたなくて、ごめんなさい……」

「もう治らないな。調教されて淫乱マゾになったから、一生お尻を突き出してご主人様におねだりするしかないな」

「あうう……はい……ミュウは淫乱マゾです。一生……ご主人様のそばに置いてください」

「命令したら、いつでも股《また》を開くか」

「はい、開きます」

「口を開けなさいと言われたら、いつでもどこでも開けるか」

「はい……開けます」

「外でも人前でも、どこでもだ。命令したら、すぐにひざまずいて口を開けて待つんだぞ」

まともな神経をしていたら、とてもできそうにないことを言う。

ミュウはすこし眉をひそめながら、涙がからんだような声で応えた。

「はい……そうします」

「僕が与えるものは、すべて飲みなさい」

「はい、ご主人様がくださるものはなんでも飲みます」

「ミュウは、僕の専用便器だ。体に開いている穴という穴は、すべてそのためにある」

「はい……ミュウの穴はすべてご主人様のものです。なんでも入れてください」

奴隷はそう言うと、なにかをあきらめたように全身の力を抜いて、ひどく無防備になった。

「じゃあ、もっといろいろ入るように、これからふたつの穴を裂いて大きくしてやるから」

「……はい」

奴隷は、とろりとした目を半分だけ開き、天井にむけていた。

僕は、いったん両手を抜いたあと、うしろの指を四本に増やし、ローションをまぶして挿入した。

指四本程度なら、そう簡単には裂けない。

だがこれは、イマジネーションによる調教なのだ。

奴隷に、主のすべてを受け入れる感覚を植えつけるためには、本気でそのつもりにさせる必要があるし、僕も本当に裂くつもりで臨んだ。

「手のひらまで入れるぞ」

そう言って、両手の指のつけ根までを、ゆっくりと押しこんだ。

膝裏をかかえてまるくなった体がこわばる。じわじわとひろがる痛みと拡張感を、奴隷は息をつめてこらえている。

すっかり柔らかくなっている内部で指を開いてやると、薄い粘膜が限界までひろがった。

「あっ、あっ……ああ！」

本当に裂けそうな予感がしたのだろう。声が正気に戻って恐怖がまじる。

膣の中から尿道がわを刺激して揺さぶってやると、

「あ、ああ、あ、いや、ダメぇ、あああ！」

拒絶の悲鳴をあげながら、ついに失禁してしまった。

温かい液体が僕の両手首を伝い、テーブルの縁からリビングの床へと流れおちる。

そのまま、すこし乱暴に体を揺すってやると、尿道から間歇的に小さな噴水があがった。

「イヤッ、ああ！」

あわてた声にかまわず揺すりつづける。

やがて膣全体が強く収縮して、絶頂の気配が迫ってきた。

さらに動きを大きくしてやると、ついに絶叫が響きわたった。

「あああああ！」

奴隷の背が弓なりになり、全身がこわばる。

そうして十秒ほど硬直したあと、ミュウはとうとう気を失った。

僕の前で見せる、はじめての失神だった。


次の日、ミュウは昼すぎまで寝ていた。

目が覚めると、僕が作ったピタパンのエビアボカドサンドを食べ、疲労回復に効くというサプリを飲んだ。

「大丈夫か」

と訊くと、

「うん」

とうなずく。

しかし、目の下にはクマができ、唇も色あせている。肉体の疲れというより、興奮しすぎたための精神疲労のように見える。

失神するというのは、それだけ大変なことなのだ。

冷房で冷えすぎないように、ダウンケットをもう一枚かけてやった。

「ありがとう」

かすれ声でそう言って、また枕に頭を戻したミュウの髪をなでる。

目を閉じた顔に、かすかな笑みが浮かび、

「……しあわせ」

よく聞きとれない声のつぶやきが聞こえてきた。

「しあわせか？」

なんとなく心配で、訊き返した。

「うん、しあわせ」

白い顔に、また微笑みが浮かぶ。

「そうか」

僕はそう言って、そっと唇を重ねた。

出会ってからはじめての里帰りの日、ミュウは離れがたそうに、いつまでもぐずぐずしていた。

「ほら、早く行っておいで。お父さんやお母さんが待ってるよ。かわいいミュウはまだかなぁって」

子供扱いして頬をつついてやると、ちょっとうれしそうに目を輝かせた。

「私、かわいいの？」

「かわいいよ。出会った頃より、もっとかわいくなった。ご両親もビックリするんじゃないかな」

実際、ミュウはきれいになった。

まだあどけなさの残っていた顔には、しっとりとした大人の色が浮かぶようになり、肌もいっそう艶を増してきている。

「……ご主人様のおかげ」

恥ずかしげにそう言って、僕の胸に顔を埋めた。

その体をギュッと一度抱きしめ、

「ほら」

と引きはがした。

「遅くならないうちに、行ってきなさい」

主の顔でそう言うと、ミュウは渋々、

「はい」

とうなずいた。

その晩、ミュウからメールが届いた。

ご主人様、今なにをしていますか？
ミュウは、ご主人様を想っています。
ご主人様に出会えたことは、
私の一生分のしあわせです。
アキちゃんのお店ではじめて見たとき、
こんなに素敵な人もいるんだと、
ドキドキしてしまいました。

ショーを見て、いつもより感じてしまったのも、
ご主人様が隣にいたから。
そんなこと、ご主人様は、
とっくにお見通しだったみたいですね。

私は、自分がMだとわかって以来、
ずっと「ご主人様」を探していました。
でも、どこかであきらめてもいました。
相談にのってくれたアキちゃんも、
よいSにめぐり逢《あ》うのは、すごく難しい。
焦ってヘンなの捕まえるくらいなら、
ひとりでいたほうがましだから、
と言っていましたし。
でも、ご主人様にめぐり逢えました！
お仕事をしている真剣な顔が好き。

お料理上手なところが好き。

背の高いところが好き。

きれいな形のお鼻が好き。

命令するときの低い声が好き。

ときどきイジワルするけど、ちゃんとフォローしてくれるから好き。

命令されてできないとすぐに許してくれて、でも許してほしくないときは、きつくお仕置きしてくれるから好き。


ああ……。

どんなに言葉を重ねても、この気持ちはとても言い表せません。

『リア王』のコーディーリアのようになにも言わず、ただご主人様を想っているしかないのかも。

まだできないことばかりの奴隷ですが、
どうぞこれからも、見捨てずに調教してくださいね。

ご主人様の机の下が恋しい　ミュウ

その率直なメールに、僕は微笑した。

ミュウは呆れるほどまっすぐだ。駆け引きというものを、ほとんどしたことがない。

『リア王』が出てきたのは、僕がうっかり机の下へ落とした翻訳本を、ミュウが拾ってくれたことがあったからだ。

彼女はパラパラとめくって、

「今度、これを訳すの？」

と訊いてきた。

「うん。名作を新しい感覚で解釈してくれという注文なんだ。ほかの人がどう訳しているかも、いちおう見ておかないとね」

「シェイクスピアって、原文難しい？」

「難しいよ。ラテン語とか出てくるし、研究者でも迷うときがある」

「ご主人様、研究してたの？」

「……そうだね。いちじは没頭してた」

僕は笑った。答えるまでにすこしあった間を隠すように、できるだけはっきりと笑った。

「あっ、これ有名なところ！」

「どこ？」

「えっと、ほら、リア王が三人の娘に自分をどのくらい愛しているかたずねるところ。それで上のふたりは言葉をつくして、こんなにも愛してますってアピールするんだけど、末娘のコーディーリアだけは、なにも言わなくて、お父さんの怒りを買っちゃうの」

「ああ、冒頭のシーンね」

ミュウが机の下から指さしたのは、領土をすこしでもよけいに分けてもらおうとするふたりの姉たちの言葉を聞きながら、コーディーリアが、

「なんと言ったらいいのだろう……」

と独白するところだった。

「この、愛するだけ黙っていよう、っていうところ、原文ではなんていうの？」

――Love and be silent.

もう何年も前に読んだものだったが、案外覚えているものだ。

「ご主人様は、なんて訳すの？」

ミュウは窮屈な机の下から、好奇心いっぱいに僕を見あげている。

僕は猫耳つきの頭を抱きよせると、前を開けてコックをとり出した。

奴隷はすぐくわえにきて、おいしそうにしゃぶり出した。

「そうだなあ……」

下から立ち昇ってくる濃厚なMの薫りをかぎながら、僕は言った。

「ただ愛するだけ。でも、それは胸にしまっておこう。言葉ではとても言いつくせないから」

これが試験なら、僕の回答に点はほとんどつかないだろう。だが、日本語の文章として見た場合、このくらい補って訳したほうがわかりやすい。

ミュウはくわえていた僕を一度放して、感心してみせた。

「素敵な訳。絶対それのほうがいい」

無邪気に感心する猫耳奴隷が、なぜか癇《かん》に障った。

「お褒めにあずかり、光栄です、ミュウ姫」

僕は片手を胸に当てて大げさに礼をとると彼女をその場に転がし、股間を裸足《はだし》で踏みにじった。

「ああ、あ、いや、ああっ」

ミュウは、すぐにうれしそうな声をあげた。

「足をかかえなさい」

命ずると、狭い場所で体を曲げて両足をかかえ、股間がよく見えるように突き出す。

かかとで強く突くようにしてやると、中からじわりと粘液がにじみ出てきた。

クリトリスもラビアもつぶすように踏みつけ、胸のほうにも足を伸ばして踏んでやる。

尻も腹もかまわず、いたぶるように両足で突きあげたり揺らしたり軽く蹴《け》ったりしてやると、奴隷はただなぶられるだけの肉のかたまりになっていった。

「はあ、あ、うっ、くう……」

強めの刺激というだけで、体へのダメージはほとんどないはずだ。

こぼれ出る声もたいしたことはない。

ある程度加減しつつも、僕はいつもより執拗《しつよう》になぶった。

そのうち、声もあまり聞こえてこなくなった。

もの扱いされることに陶酔しはじめたのだろう。

ときおり、うっ、というような、くぐもったうめきが聞こえてくるだけだ。

粘膜の中心に足の親指を突っこんでやると、中から液があふれ出てきた。

「いやらしいな。グチョグチョじゃないか……今度アキちゃんや佐久間も呼んで、見せてやろうか。ミュウは、こんなに変態になりました、って。蹴られたり踏まれたりするだけで、こんなに感じちゃいます、って」

僕は親指を乱暴に動かして、柔らかい場所をかきまわした。

「ひ、う、う、ああ」

「言ってごらん……私は、いやらしい穴の開いた、醜い肉のかたまりです。ご主人様に使っていただくことが、なによりのよろこびです」

そう命じておいて、上の口にもう片方の足の親指を突っこんだ。

ミュウは乱暴に突きあげてくる親指を懸命に受け止めながら、なんとか命じられたことを言おうとした。

「ああいあ……いえあいい……あああお……あああ……」

不明瞭な母音にしかならない。

それでも最後まで言わせると、僕は彼女を安住の地から引きずり出し、自分の座っていた椅子へ逆さに縛りつけた。

「ああっ、うん！」

座面から頭をはみ出させた猫耳奴隷が、人間らしい声で泣く。

背もたれから宙《ひざ》へ伸ばされた両足の内側も、ヘアのないデルタもぐっしょりと濡れて、午後の陽射しをヌラヌラとはね返す。

僕はそこへバイブレーターとアナルビーズを入れ、勝手に出せないよう縄で固定すると、なにも言わずに外へ出た。

近くの公園へ行くと、木陰のベンチに老人が座っていた。

しわだらけの白いシャツに、薄茶のズボン。杖を脇に立てかけ、まるい老眼鏡をかけた目は、乾いた地面の一点を見つめて動かない。

僕はブランコのひとつに座って、彼を横から眺めた。

深いしわの刻まれた顔は、ずいぶんと陽に焼けている。

シャツの下の体は、ヨガの行者のように瘦《や》せていた。

暑い盛りだというのに、彼にはほかに行くところもないのか、ただじっと座っている。

なにをするのでもない。

ハエが飛んできて、老人の頬に止まった。

彼はそれでも動かない。

もはや、現世のことなどどうでもいいのだろうか。

あるいはもう、自分とハエの区別がないのかもしれない。

僕は、現実と虚構が入りまじる自分の部屋を思った。

そして、虚構のふちに打ち捨てられた哀れなミュウを思った。

大学院をやめて研究者の道を自ら閉ざしたことに、自分で思うよりずっとこだわっていたらしい。

彼女のなにげない言葉に刺激され、主の感情を越えたところで、いたぶってしまった。

——We two alone will sing like birds i' th' cage. When thou dost ask me blessing, I'll kneel down and ask of thee forgiveness. So we'll live, and pray, and sing, and tell old tales……

(おまえとふたりだけで、籠《かご》の中の鳥のように歌おう。おまえが私に祝福を求めるのなら、私はひざまずいておまえに許しを乞《こ》おう。そんなふうに生きていこう。祈って、歌って、昔の話をして……)

再会したコーディーリアとともに、敵方の捕虜となってしまったリア王が言う台詞《せりふ》だ。

ふと見あげれば、痛いほど澄んだ青空に、たえまないセミの声が吸いこまれていく。

僕は、もう一度木陰の老人を見やり、ブランコを離れた。

マンションに戻ってみると、椅子の背から上に伸びて折れ曲がった足が揺れていた。

そばへ行くと、泣き疲れたような瞳が僕を見あげた。

「……もう戻ってこないかと思った」

かすれた声が、涙まじりになる。

「放置プレイは、お気に召さなかったか」

僕が笑うと、ミュウは盛大に泣き出した。

謝るかわりに縄をほどき、椅子からおろす。

しがみついてくる細い体を抱きしめ、長いキスをした。

そして、そのままふたりで倒れこみ、貪《むさぼ》るようなセックスをした。

床に汗がしみるほどしたあとはベッドへ移動し、窓の向こうが真っ暗になるまでもつれ合った。

Sでも Mでもなかった。

ただ、お互いの存在をありのままに、激しく求め合った。

そうして、口もきけないほど疲れはて、ふたり抱き合って眠った。

ミュウが、自分の夢見た理想の人物ではなく、現実に生きている僕を受け入れたのは、たぶんこのときだったのだと思う。

それは、僕も同じだった。


ひと晩泊まって実家から戻ってきたミュウは、ひどく浮かれていた。僕のことを家族に話して、承諾してもらってきたのだという。

「好きな人ができて、いっしょに暮らしてるって言っちゃった」

えへっ、と笑うその顔は、心底うれしそうだ。

「ミュウが奴隷だっていうのは？」

答えをわかっていて、わざと訊いた。

予想どおり彼女は、ううんと首をふった。

「ごめんなさい。それは……まだ」

「言わなくていいよ。一生、内緒にしておけばいい」

僕はミュウを抱きしめた。

言ってなにかがよくなるならいいが、現代の社会においてSM者であることは、なんのメリットにもならない。むしろ、疎外されるだけだろう。

しばらく抱き合って動かずにいたが、ミュウがふと思いついたように、顔をあげた。

「久我さんも、カミングアウトはしてないの？」

「してないよ。僕が本物のSだってことは、あの佐久間さえ知らない」

「えっ、佐久間さんも知らないんだ！」

片眉をあげて「うん」と応じた僕に、

「でも」

と、言葉を返す。

「今、アキちゃんと暮らしてるよ」

「ええっ！」

今度は、僕が驚く番だった。

「だって、あいつはノーマルのはずだけど」

「プレイまでしてるかどうかは知らないけど、とにかく先週から佐久間さんが泊まりっぱなしだって、アキちゃん、言ってた」

そう聞かされても、半信半疑だ。

「いや、あいつに奴隷は無理だろう」

とまどう僕をよそに、ミュウは夏休みの予定を話しはじめた。

「ねえねえ、夏休み、アキちゃんたちと、どこかへ行かない？」

なにか衝撃的なことがあっても、クヨクヨ悩まず、サッと切りかえるところが彼女の長所だ。

「それはいいけど、向こうも予定があるだろう」

「訊いてみる」

さっそくアキ女王様に電話をかける。

相手はすぐに出て、海だの山だの温泉だのの地名が次々と飛び出し、気の置けない女どうしの会話が続く。

しばらく賑やかに話したあと、ミュウは電話口を押さえながら僕をふり返った。

「葉山《はやま》にある、アキちゃんちの別荘はどうかって」

聞けば、アキちゃんの本名は九条暁子《くじょうあきこ》といって、五代つづけて政治家を出している、もと華族の家柄なのだそうだ。

あの女王様然とした気品は、血筋から来るものだったのかと、僕はひどく納得した。

「ちょっと不便なところにあるけど、プライベートビーチもあって、すごくきれいなところよ」

何度か行ったことがあるというミュウは、期待に目を輝かせている。

僕にも、反対する理由はなかった。

うなずいてやると細かい日取りを決めにかかり、結局二週間後、三泊四日で行くことになった。

スマートフォンを置いたミュウに、

「佐久間も都合つくって？」

とたずねる。

「うん。そのあたりの日なら、大丈夫だって」

僕の首に腕をまわして甘えてくるミュウを、ソファーで受け止める。

「向こうでもプレイしようか。女王様や佐久間も入れて四人で」

コットンの白いスカートをまくりあげて、下着をつけていない秘所をむき出しにする。

奴隷になって以来、スカートの下にはいつもなにもつけなくなったのだ。

「久我さんが、佐久間さんを責めるの？」

「それはない」

僕はきっぱりと否定した。

「あいつは今回ギャラリーに徹してもらう。アキちゃんと僕でミュウを責めてやるよ。きれいでいやらしい姿をみんなに見てもらおう」

彼女は、僕の膝のあいだで体をくねらせた。

「うれしいか？」

「……わかんない」

「じゃあ、体に訊いてみよう。ミュウは体のほうが、ずっと正直だからな」

そんな、どこかで聞いたような下品な台詞を言って足の奥を探ると、予想どおり濡れている。

かわいい奴隷は熱い吐息をこぼして、腰をすりつけてきた。

あふれる蜜を塗りひろげるようにしてヴァギナ全体を愛撫する。

華奢な体にエクスタシーの波が起こって、小刻みに痙攣《けいれん》しはじめる。

オーガズムと違って爆発的なエネルギーの発散はないが、この快楽に終わりはない。体力が続く限りイキつづける。

「はあ、はあっ、ああ」

あえいで腰をくねらせ、愉悦に上気する体をテーブルへ乗せた。

すると、命じたわけでもないのに、ミュウは服を脱いであおむけになり、足を開いて両膝をかかえた。

ヘアのない、むき出しの性器が口を開けている。

「どうしてほしい」

訊くと、うわずった声で答えた。

「入れて……入れてください」

睫毛の長い清楚《せいそ》な顔は情欲に溶け、もはやそれ以外考えられなくなっているようだ。

僕は引き出しから太いバイブレーターをとり出すとスイッチを入れ、ゆっくりと陰唇をなぞりはじめた。

直径四センチ以上あるそれは毒々しい紫色で、可憐な肉襞を冒瀆《ぼうとく》する卑しい快楽の道具だ。

拡張の成果で、そんな太さも入るようになっていた。

「あ、はあ！」

背中を反らせて、尻を突きあげる奴隷は、早く中を犯してほしいのか、バイブレーターの先端を求めて腰をふる。

「はしたないぞ。動くな」

残酷な主らしい命令を与えつつ、肝腎な場所は避けて周辺を焦らしつづける。

叱られた奴隷は閉じた唇に力を入れ、必死に耐えているが、それでも快感は抑えられないのか、何度もグラインドした。

「しょうがないな」

僕は縄を持ってくると、うしろ手にして両手首を重ねて縛り、あぐらにした両足首をまとめて縛った。

足首の縄尻は、首のうしろへまわして引き絞る。

向き合ったくるぶしがみぞおちのあたりに来るよう調節し、ゆるまないよう固定した。

背中にクッションをあてがってあおむけに転がせば、股間をさし出す生贄奴隷のできあがりだ。

ついでに口へさらしをつめ、黒ラバーの猿轡で顔の下半分をおおうと、ミュウは朦朧として半ば気を失ったようになった。

縄のあいだから突き出た乳房の先に、ベル形のゴムの吸引具をつける。

親指ほどの大きさで、中を真空にして乳首を膨張させる責め具だ。

それほど大きな苦痛はなく、適度な刺激が持続して被虐感を高めてくれる。

狙《ねら》いどおり、奴隷の鼻からこぼれ出る息がせわしなくなって、いっそう瞳がうるみはじめた。

ゴムの先についたリングをはじいてやると、甲高い泣き声がした。

「気持ちいいか」

訊くと、頭が揺れた。

僕は改めてバイブレーターを持ちあげると、膣口へ押し当てた。

そして腰が動かないよう太腿の裏側を片手で押さえ、左右に回転させながらねじこんでいく。

柔らかな粘膜は薄くいっぱいにひろがり、よだれを垂らしながら太いものを呑みこんだ。

股間の面積の半分ほどを占めるそれにスイッチを入れ、ゆっくり前後させる。

鋭い呼吸がくり返され、口につめたさらしの奥から細い悲鳴が響く。

絶頂の寸前で引き抜くと、尻肉がわななないた。

抜いたことを責めるように、くぐもった声が聞こえてくる。

黒髪の頭がふられ、早く戻せと目が訴えている。

その様子を見ながら、またバイブを挿し入れた。

とたんに肉が締まり、出し入れに抵抗が生じる。

汗まみれの全身に力が入って、絶頂が近いことをしめす。

そんなとき女性は、体中のエネルギーがただ一点に集まってくるのを待っているのだという。

充分に集まったところで、大きな絶頂の花火を打ちあげるのだ。

ミュウの花火は、一分もたたないうちに発射され、頭上で大きくはじけた。

縛られた不自由な体だというのに、精いっぱい突っぱって痙攣する。

そのあいだは呼吸も止まり、血とエネルギーが体中を駆けめぐる。

オーガズムの享楽は女の特権だ。男はとうてい知りえない。

やがて、自分の股間をのぞくように持ちあがっていた頭がガクリと落ちて、全身から力が抜けた。

嵐の去った肉穴からバイブを抜き、乳首の吸引器をはずす。

猿轡をとって縄をほどくと、ミュウは満ち足りた顔で、ぐったりした体を僕に預けてきた。

第四章　海岸で調教パーティ

予定していた日の前日まで荒れ狂っていた台風は、夜のうちに東へ抜け、葉山の空はしみるような青さだった。

佐久間の車で昼すぎに着いた僕たち四人を、近くに住む管理人の老夫婦がにこやかに迎えてくれた。

九条家の別荘は昭和の初期に建てられた洋館で、アール・ヌーボー風の内装もなかなか風情がある。

階段の欄干や照明はもちろん、こげ茶の窓枠にはめられたステンドグラスは、文化財級の素晴らしいものだ。

僕は、車から荷物をおろしながら、

「おまえ、本当にアキちゃんと暮らしてるんだな」

と、改めて佐久間に言った。

「ああ。やっと、くどき落とした」

「華族のお姫様だって、知ってたのか？」

「いや俺もさあ、今回はじめて聞いてびっくりよ。正直、ちょっとビビった」

まじめな顔で言う彼に、

「だろうな」

とうなずいてやる。

それから、気になっていることをたずねた。

「それで、そのぉ……プレイはしてるのか？」

「いちおうな。ま、俺のできる範囲でだけど」

「……そうか」

それ以上、深くは訊くまいと思った。

「しかし久我、おまえこそ本物のSだったなんてなあ……そんならもっと早く、JUNCTIONへ連れてゆくんだった」

「人にはいろいろ秘密があるのさ」

僕が茶化すと、佐久間は笑った。

管理人夫婦が帰っていったあと、プライベートビーチのセッティングをする佐久間を残し、道路ぞいの市場まで買い出しに行った。

バーベキューをやりたいというミュウのたっての願いで、肉も魚もこれでもかというほど買いこむ。

女王様が、佐久間の好きな酒を買うのを見て「へえ」と思った。けっこうふたりでうまくやっているようだ。

戻ると、ビーチにはタープテントが張られ、バーベキューコンロ、クーラーボックスのほか、テーブルや椅子がきれいに並べられていた。

さすが、力自慢の友は頼りになる。蛇口つきのウオータータンクもあって、気配りも完璧《かんぺき》だ。

九条家のプライベートビーチは岩場を下ったところにあって、別荘からは歩いて二分だ。

間口が五十メートルほどの三日月形で、奥行きのいちばん深いところは、三十メートルくらいある。

砂は白く、水も澄んで、波は穏やかだった。

男ふたりで運んだ材料を切り分けると、さっそく火を起こして焼きはじめた。

女性陣は、サラダや生春巻き、枝豆などを準備する。

海風に吹かれながら賑やかに作業すると、夕方には食卓が整った。

水平線に、溶け落ちそうなオレンジの夕陽が沈んでゆく。

波音も心地よく、濡れた砂と潮の匂いに、日頃の緊張がほぐれていく。

料理が並んだテーブルにつくと、佐久間が四人で乾杯をしようと言った。

まずは言い出した本人が、

「恋に」

と、柄に合わないキザな台詞を言う。

アキ女王様は、

「友情に」

と、無難に流し、
僕は、

「夕陽に」

と、斜に構え、ミュウは、

「出逢えた奇蹟に」

と、みんなの顔を見ながら言った。

そして、四人で缶ビールをぶつけ合った。


まだ砂にしみこんだ昼の暑さは残っていたが、陽の落ちたビーチには風が気持ちよく吹きわたっていた。

バーベキューの香ばしい匂いが食欲をそそって、全員がいつになく食べた。

あれだけ用意した材料もほとんど食べつくし、酒もあらかた飲みつくしたが、まだ家の中へ入る気にはなれなくて、とりあえず簡単に片づける。

それから、ミネラルウオーターやウーロン茶だけが残ったテーブルで、みなふと無口になった。

大きな照明がふたつついたタープのまわり以外はすっかり暗くなって、波の音だけが響いている。

僕は、椅子にもたれて夜の海を眺めているミュウに声をかけた。

「ミュウ」

「ん？」

ふり返った彼女に命じた。

「裸になりなさい」

「！」

小さく息を呑む音が、僕以外の三人からあがった。

だが、すぐにミュウは、

「はい」

と言って、立ちあがった。

そして、水玉とストライプを組み合わせたタンクトップに手をかけて頭から抜くと、ネイビーブルーのミニスカートも脱ぎ捨てた。

タープの照明が、下着をつけていないミュウの裸体を青白く照らし出す。

僕の命令を待つ顔は、はずかしさと緊張が入りまじっている。

佐久間が目をそらし、短いため息をもらした。

それから軽く咳《せき》ばらいをすると、こう言った。

「アキ、おまえも脱ぎなさい」

「えっ！」

僕は不覚にも声を出して、友をふり返っていた。

ミュウも驚いて、ヤツを見ている。

その微妙な空気のなか、アキ女王様……ではなくアキちゃんは、

「はい、ご主人様」

と言って、立ちあがった。

黒のホルダーネックを脱ぎはじめた彼女を見ながら、僕は、

「なるほどね」

と苦笑した。してやられた気分だった。

「だったら、ふたりで暮らしているのもわかる」

「俺が、奴隷になっていると思ったんだろう」

ニヤニヤと人の悪い笑いを浮かべる佐久間へ、ふんと鼻を鳴らしてやる。

「真性Sのおまえには言うまでもないことだろうが、彼女は両方やれる、スイッチャーなんだ。でも、どっちかっていうと、Mでいるほうが好きらしい。本当に心を寄せられる主が見つからなかったんで、とりあえず女王様として自分の欲求を満たしていたんだとさ」

「だけどおまえ、Sの経験なんてないだろう？」

「だから、彼女に毎日教えてもらっている。言ってみれば、奴隷がご主人様を育ててるってことだな」

脱ぎおわって、すらりとした見事な肢体をさらしたアキちゃんの瞳からは、いつもの凛《りん》とした風情が消え、熱くとろけるMの色が浮かんでいた。

「アキ、ここへ乗って、みなさんに俺の奴隷である印をお見せしなさい」

佐久間はそう言いいながら、テーブルの上の飲みものを砂の上におろした。

アキちゃんは、

「はい」

と言って、テーブルに乗った。

そして長い足を大きくひろげると、クリトリスを貫くリングを見せた。

もちろん、ヘアはきれいに剃られている。

やや縦長の美しいラビアは、露出の羞恥に感じたのか、透明な粘液におおわれていた。

僕は、ニヤリと笑って、

「やるな」

と、佐久間を肘《ひじ》でつついた。

友も、

「まあな」

と笑い返した。

主の所有の印を入れることは、M女の側が納得していないと、なかなかできるものではない。

自己破壊願望の強いM女だと、乳首や性器へためらいもなくピアスをつけたりタトゥーを入れたりする。

主の命令によってというのもあるが、自ら所有の印をねだる場合も多い。

だが、アキちゃんはそういうタイプではなかった。

自分を高く保つ彼女が、一生消えない傷をその体につけたということは、それだけ佐久間を真剣に受け入れたということだ。

僕が「やるな」と言ったのは、アキちゃんをそこまでの気持ちにさせた彼の誠実さと、主としての力量に対してだった。

「アキに言われたんだ。私を一生自分のものにするつもりなら、その証拠を見せてくれって。ひと晩考えて、これにした」

自慢するのではなく、静かな声に決意をこめて話す親友を、誇らしく思った。

僕は、ミュウを呼んだ。

「アキちゃんのとなりにあがりなさい」

言われたとおりテーブルにあがった彼女に、うしろを向いて腰を高くあげるよう命ずる。

目の前にさらされたお尻にはスパンキングによる薄赤い痣《あざ》ができ、アヌスにはプラグがはめこまれていた。

今夜の余興を見越して、さっきトイレで入れさせておいたものだ。

「おお」

感心した佐久間が、

「ミュウちゃんは、お尻が好きなんだなぁ」

と、のんびり言う。

「ミュウ、お答えしなさい」

うながすと、奴隷らしく素直に応えた。

「はい。ミュウは、お尻をいじめていただくのが大好きです」

「ぶたれるのも、好きなんだよな」

僕が言うと、

「はい。毎日、ご主人様にぶっていただいています」

プレイをしていないときでも、よくスカートをまくりあげてねだってくるので、ときどき手のひらでぶってやっていた。

「そのほかには、なにが好きなんだっけ？」

「……………」

恥ずかしがって、もじもじしはじめたミュウのうしろからプラグを抜きとる。

「あン」

と、ため息をつきながら睫毛を震わせる奴隷に、僕はもう一度たずねた。

「お尻を使うときに、いつもされていることを言ってみなさい」

「……か、かん……」

そこまで言って止まってしまった奴隷の菊門に、ふたたびプラグを押しこむ。

「ああん……」

「言わないと、今日はこれ以上の責めはナシだ」

奴隷はせつなげに細く息を吐き、思いきるように言った。

「浣腸をしていただきます」

肉の薄い全身が、ほんのり薄紅色に染まる。

いつまでたっても残る排泄行為へのかたくなな羞恥は、ミュウの育ちのよさをしめしていて好ましい。

僕は、

「あとでご褒美をあげよう」

そう言って、プラグをいっそう深くねじこんだ。

よろこびに身をうねらせる彼女を見ながら、佐久間が、

「おまえ、ホンットにSだな」

ぼそっとつぶやく。

それから気をとりなおしたように、アキちゃんの股間へ手を伸ばして言った。

「アキは、ここがいちばん感じるんだよな」

クリトリスのリングを、太い指で少々乱暴に引っぱる。

アキちゃんは、きれいに整えた眉を寄せて、

「ううん」

と、くぐもった声をあげた。

「ミュウ、アキちゃんのクリトリスに、ご奉仕してあげなさい」

僕の命令に、

「はい」

と応えた奴隷は、うれしそうに女友達の股間へ顔を埋める。

佐久間も、

「アキ、ミュウちゃんのアヌスをきれいしてやるんだ」

と命じ、すこし上気した彼女は、

「はい」

と、ハスキーな返事をして体勢を変え、長い舌を伸ばした。

一畳ほどのテーブルの上で、きれいな女の子たちのレズプレイが始まり、男ふたりは、また飲みたい気分になった。

「アキちゃん、アナルプラグを出したり入れたりしてみてくれるかな。クリトリスをつまみながらがいいな」

「ミュウちゃん、アキのアソコに指を二、三本入れてやってくれ……そう、リングを引っぱりながら」

「次はミュウの乳首をかんでやって。そこ、大好きだから」

女どうしというのはそれほど抵抗がないのか、それとも主たちからの命令に従うこと自体によろこびを感じるからなのか、ふたりには、ためらいがほとんどなかった。

もともとアキちゃんは姉御肌で、ミュウのお守り役みたいなところがあったし、ミュウはミュウでいつもアキちゃんを頼りにしていた。

そんな、攻めと受けにもたとえられそうな親友関係だから、性的な行為にもすんなり進めたのかもしれない。

主ふたりからの要求がエスカレートするにつれ、奴隷たちはますますレズプレイに没頭してあえぎ、ときにテーブルから落ちそうになった。

互いの性器を舐め、唇を吸い合ったあとは、舌と舌が粘液の糸で結ばれ、あたかも彼女たちの特別な絆《きずな》をしめしているかのようだった。

しあげは、首輪をつけての海中散歩だった。

男ふたりも裸になって、それぞれの奴隷の鎖を引き、四つん這いで歩かせながら海へ入る。

筋肉の盛りあがった分厚い体の佐久間が、スレンダーなアキちゃんの首輪を引いて歩かせている姿は、まさに美女と野獣だ。

世が世なら、下男とお姫様の禁断の構図になっただろう。

夜になっても、空が真っ暗になるわけではない。星のない空間に存在する、ごくかすかな光が夜天光となって、水平線を浮かびあがらせる。

僕は野外で裸になる解放感を味わいながら、ミュウの太腿が半分つかるくらいの深さまで連れていった。

「そこでおしっこをしてごらん」

「えっ」

前に手をつきながらふり返った顔が、小さな驚きを浮かべている。

大勢いる海水浴場ならエチケットに反するが、ここはほかに誰もいないプライベートビーチだ。人間の小便など魚の糞《ふん》と変わりはない。

黙って見ていると、ミュウは前を向いて集中しはじめた。

だが、波が打ちよせるので、タイミングがつかめないのだろう。すこししては中断し、また始めるという具合ではかどらない。

そのうち、恥ずかしさも募ってきたのだろう。

泣いているような声を出しながら、なんとかぜんぶ出しきると、タープから射す灯りの中で、あきらかにホッとした表情を見せた。

「よくできました」

褒めておいて、腹がつかるくらいのところまで歩かせる。

「ご褒美をあげよう」

と言ってかがむと、打ちよせてくる波の合間に十回ずつお尻をぶった。

打たれて熱くなった双丘を、波が洗って冷やしていく。

性器や太腿の裏側もぶつと、奴隷は子犬のようにキャンキャンと泣いた。

身もだえして崩れそうになる体を抱きあげ、海中に座りながら膝に乗せる。

あおむけにして大きく足を開かせ、波が打ちよせる瞬間にアナルプラグをはずして、海水をすこしだけ腸の中へ入れてやった。

その衝撃と違和感に、

「ううっ」

とうめいて、身を縮めたが、目を閉じた顔は被虐の快楽にとろけている。

抜いたプラグを口もとへ持っていくと、舌を出して舐めまわした。

喉奥まで入れてえずかせ、

「そのまま くわえていなさい」

と命ずる。

左手で背中をしっかりかかえなおすと、空になった肛門へ右手の指を三本入れて開いた。

「ううっ！」

プラグの奥から声があがって、細い腕が僕の首にしがみつく。

海とつながった直腸へ、海水が侵入してくることに耐えられないのだろう。太いゴムの道具をくわえたまま、僕の胸に頬を押しつけて大きく震えた。

「苦しいか」

と訊けば、しばらくうめいたあとで首を横にふった。

つらくないはずはないが、それよりも興奮と快楽が勝っているのだろう。

指を閉じたり開いたりしながら菊花をこねると、のけぞってプラグを吐き出し、悲鳴を放った。

それから、僕の腰が半分隠れるくらいのところまで連れていって正座するように言い、フェラチオをさせた。

水面はミュウの額のあたりで、波が来れば頭もすべて隠れてしまう。

ときどき息つぎを許してやりながら、最後は頭の両脇を持って沈め、射精した。

すぐに引きあげると、溺《おぼ》れかけた人のように激しく息をつぐ。

「大丈夫か？」

と訊くと、

「大丈夫」

と返る。

「よかったか？」

とたずねると、息を整えながら胸に顔を寄せてきて、

「……すごく」

と答えた。

その体を軽く抱きしめ、かかえあげた。

海水でも洗い流せないほどぬめる足のあいだに、硬く立ちあがった自身をあてがう。

浮力を利用し、腰を一気に突きあげて貫くと、ミュウは思いきり声をあげて体を反らせた。

見れば佐久間も、海中セックスを楽しんでいた。

立ったままアキちゃんを前にかがませ、その髪を鷲《わし》づかみにしながらバックから打ちこんでいる。

波が打ちよせるたびに彼女の上半身が沈み、つかまれた髪の毛だけが薄闇の中に浮かぶ。

苦しみともよろこびともつかぬ高い声が、波の引いたときにだけ聞こえてきた。

翌日は、ふたりの奴隷にいっさい下着をつけさせないまま、ワンピース一枚でドライブに連れ出した。

まずは海岸ぞいの駐車場に車を止めると、松の木の下で立ったままおしっこをさせることにした。

ふたりの前には僕と佐久間が立ち、うしろは車が隠してくれているからそれほど危険はない。

しかし、野外はなにが起きるかわからない。その緊張感と背徳感が露出プレイの醍醐味《だいごみ》だ。

ワンピースの裾を持ちあげて立つふたりの奴隷たちは、肩幅以上に開いた足のあいだから、松葉の積もった地面に黄金色の水を落とした。

ミュウの表情もさることながら、気位の高いアキちゃんが恥ずかしがる様子は見ものだった。

佐久間は、ふたりをうしろ向きにして前にかがませ、ワンピースを腰の上までまくりあげさせた。

まだ尿のしずくがついた割れ目があらわになる。

だが、ふたりともそれ以上の濡れがあり、粘液の珠が今にもこぼれ落ちそうになっている。

「なあ、久我、用をすませたあとは、誰でもトイレットペーパーで拭《ふ》くよな」

「そうだな」

「ここに紙はないから、お互いにきれいにさせるのはどうだ」

「いいね」

佐久間のけっこうな主っぷりに内心驚きながら、僕は賛成した。

「ミュウ、アキちゃんのそこを舐めてきれいにしてあげなさい」

命令すると、ミュウはすぐに、

「はい」

と言ってしゃがみ、アキちゃんのお尻のあいだに顔を寄せた。

リングのついたクリトリスまで舌を伸ばしているのだろう。車のドアに手をついた彼女は、背中を波打たせて耐えている。

唇をかんで声を押し殺している姿も、なかなかよかった。

主の佐久間は、満足げなニヤニヤ笑いを浮かべている。

ミュウの番になると、アキちゃんは容赦なく責めの舌を使ってきた。

そんな高度な技に耐えられるはずもなく、僕の奴隷は声を抑えられなくなった。

あわてて口をふさぎ、

「そのへんで勘弁してやってくれ」

と、アキちゃんに頼む。

佐久間は、

「ひとつ貸しな」

と、得意げに言って、僕の肩をたたいた。

昼食のために入ったレストランでは、太腿の上までワンピースをまくりあげさせた。

ふたりの局部には、あらかじめローターを入れてある。料理が運ばれてきてからは、スイッチを入れっぱなしにした。

さすがにウエートレスはヘンな顔をしていたが、ミュウもアキちゃんも、ワンピースをもとどおりにしようとはしなかった。

途中からは味もわからなくなったようだが、ふたりともなんとか食べおえた。

車に戻ってから見てみると、ワンピースが濡れてシミができていた。

それぞれのローターを抜いて、口に入れてやる。

白濁した蜜のからむ親指大のプラスチックは、奴隷たちの口の中できれいにされ、主の手のひらへ吐き出された。

ふたりは後部座席で目を閉じ、肩を寄せ合って余韻に浸っている。

僕と佐久間は、苦笑し合った。

次に寄った土産物屋でいろいろ見ていると、小さな銅の鈴が目に入った。くるみよりひとまわり小さいが、表面に吉祥文が浮き彫りになっていて、凝った作りだ。

ふってみると、濁りのない可憐な音がした。

「ミュウ、これ、買おうか」

「鈴？」

「そう」

うなずいてから、耳もとへ口を寄せ、ささやく。

「アソコにつけよう」

「今？」

「うん」

変態まる出しな企《たくら》みに、ミュウは恥ずかしそうに笑い、小さくうなずいた。

いったん車に戻って、両方のラビアにひとつずつヘアクリップでとめた。銅製だから重さもある。肉襞は下方へ伸び、鈴は股間から十センチほどのところにぶら下がっている。

歩かせてみると、ときどき涼しげな音が聞こえてきた。

もし誰かに聞かれたとしても、まさか股間からだとは思うまい。

「いいね」

思ったとおりの効果が出て、つい笑みが浮かぶ。

ミュウは困ったように眉を寄せ、僕を見あげた。

「痛いか？」

ヘアクリップにかかる鈴の重さが心配になって訊くと、

「すこし」

とあえぎながら答える。

「でも、このくらいなら大丈夫だと思う」

自分の忍耐力を推し量るようにそう言う奴隷は、すでに歩き方がおぼつかない。

もっとも淫らな場所から聞こえる澄んだ音色の恥ずかしさと、鈴の重さに耐えながら、僕の腕にすがる。

アキちゃんも佐久間になにか買ってもらったらしく、僕たちは悩ましげに歩くおいしそうな奴隷をつれて、昨日も行った市場で夕飯の買いものをした。

たぶん、四人だということが、僕たちをより大胆にしていたのだろう。

ミュウにしてもアキちゃんにしても、進んで露出をしたがる性格ではないが、ひとりではないということが、ふたりのためらいをずっと少なくしているように見えた。

買いものがすんで車へ戻り、ミュウの股間をむき出しにさせると、鈴どころか膝のあたりまでびしょびしょだ。

僕は運転席に座り、助手席にミュウを乗せると、ワンピースを脱がせた。

そして乳首とクリトリスへ、旅行前に買ったひまわりのクリップをとめてやり、走り出した。

反対車線から来る車からは、クリップしか身につけていない姿が見えるだろうが、近づかなければなにをどうしているのかよくわからないだろう。

それに、すれ違うのは一瞬のことだ。

ミュウはシートに深く身を沈めていたが、下では両足を開いて股間の鈴をむき出しにし、薄目になって吐息を熱くしている。

後部座席では、やはりワンピースを脱がされたアキちゃんが、佐久間の太腿で横抱きにされ、うめき声をあげていた。

別荘に着いてクリップをはずし、助手席のドアを開けてやると、ミュウは歩くのが困難なほど感じていた。

「楽しかったようだね」

と言ってやると、

「もう恥ずかしくて、どうしていいかわからなかった」

愉悦にかすれた声で応える。

「それがよかったんだろう？」

からかうと、首をふった。

「捕まるかと思って怖かった」

そんな心配をしていたのかとおかしくなる。

「捕まらないよ」

僕は笑ってミュウを抱きあげると、玄関まで連れていった。

あとから佐久間も、アキちゃんを抱いて降りてくる。

裸の彼女の足のあいだからは、空気でふくらますビニール製のクジラの尻尾がのぞいていた。つまり本体は体内にあるということだ。

乳首には赤い紐《ひも》が巻きつけられて、ツンととがっている。

感じすぎて汗をかいたのか、きれいなボブの髪が湿って乱れていた。

夕食は、新鮮な野菜と魚介類を使ったイタリアンにした。

シャワーを浴びてひと休みし、いつもの調子をとり戻したアキちゃんと僕で手早く料理する。

佐久間は、地下のワインセラーからシチリア産の白ワインを出してきた。

ミュウはいつものとおり、食器を並べるだけだ。

各種のチーズに、イシモチのアクアパッツァとトマトたっぷりのサラダ、和牛とアスパラの炒めものの夕食をすませると、早々に片づけ、プレイの準備にとりかかった。

今夜は、別荘に常備されている客用の衣装で、コスチュームプレイをすることになったのだ。

僕と佐久間は、女性たちからの強い要望でタキシードを着た。

アキちゃんは真っ赤なイブニングドレス、ミュウはメイド用のエプロン姿になった。

身なりというのは不思議なもので、人はどうしてもそれに合ったふるまいをしようとする。

いつもはがさつな体育会系にしか見えない佐久間も、正装して髪をセットすれば、どこかの御曹司《おんぞうし》に見えなくもなかった。

それはミュウも同感だったらしく、

「すごいっ。佐久間さん、カッコいいっ。意外ぃ！」

と、無邪気に驚いている。

アキちゃんは、

「サイズがあってよかったわ」

と、素っ気なく言い、それでもちょっとうれしそうに唇をとがらせた。

佐久間は、そんな彼女の照れかくしに慣れているのか、アゴを指先でクイッと起こし、

「惚れなおしたか」

と、二枚目を気どってみせる。

ミュウは僕のそばへ来て背伸びをし、耳もとへ口を寄せてささやいた。

「でも、私のご主人様のほうが素敵」

僕は短く笑って、

「かわいいメイドさんになったね」

と褒め返した。

濃紺のワンピースに、レースの縁取りのある真っ白なエプロン。ミディアムロングの髪はおろして、フリルつきのホワイトブリムをつけている。

薄化粧でも睫毛の長さがきわだつ顔には今も幼さが残り、どこから見ても清楚で愛らしいメイドだ。

アキちゃんは逆に、クールでセクシーなセレブのお嬢様だ。へたに手を出したら危なそうな雰囲気は、かつての女王様そのものだった。

「今夜はメイドなんだから、みなさんによくご奉仕しないとね」

そう言ってミュウの頭をなで、まずは酒の用意を命じた。

「みなさんのお好みをうかがって、用意しなさい」

「はい」

メイドは元気よく返事をすると、慣れない手つきでウイスキーやらブランデーやらを運んできた。

だが、グラスの氷はまばらだし、ブランデーとバーボンはまちがえるは、炭酸水はあふれさせるはで、リビングのテーブルは悲惨な状況になった。

僕は、おもむろに館の主に質問した。

「アキちゃん、こういう失敗ばかりするメイドにはどんなお仕置きが必要かな」

すっかりSの顔になったアキちゃんが言う。

「そうね……やっぱりムチがいいんじゃないかしら。うちでも、百年ぐらい前はそうしてたみたいだし」

「ということだ、ミュウ。テーブルに手をついて、お尻を出しなさい」

命ずると、メイドは泣きそうな顔をして、

「はい」

と応え、言われたとおり、テーブルに手をつく。

メイド服のギャザースカートをまくりあげると、太腿まである白いストッキングの、凝ったフリルの靴下留めが見え、その上に形のいいお尻が現れた。

「では、ご迷惑をおかけしたお客様みんなにお仕置きしていただくから、お願いしますと言いなさい」

こういうストーリープレイは、ふたりのあいだでときどきやるものだった。

だが、ただのお遊びだと思ってしまってはＳＭにならない。

想像力の豊かなミュウは、誰よりも深くそのストーリーに入りこみ、僕の仕置きを本気で受けた。

「粗相をして申し訳ありません。どうかいけないミュウを、ぶってください」

僕は、十本のしなやかな革を束ねたバラムチを持つと、柔らかなふたつのまるみを思いきりぶった。

「ああっ！」

いつもと違う刺激に、足のあいだの花びらは、もう中からあふれてきたもので光っている。
五、六回打ったあとは、アキちゃんにムチを渡して交代した。
さすがに手慣れたものだった。

ちょうど気持ちのいい痛さになるよう力加減し、そのふるう姿も美しい。彼女のムチをはじめて受けるミュウも安心して身をまかせ、かわいく泣いていた。

問題は佐久間だった。

「俺も、やっていいのか？」

と訊くので、

「いつものとおり、やってみろよ」

と言ってやる。

ミュウも、

「どうぞ、お仕置きしてください」

と、メイドになりきった顔でふり返り、言った。

「では、僭越《せんえつ》ながら」

まじめくさった顔で応じた佐久間は、ひと呼吸おいて、ムチをふりおろした。

「ああっ！」

ミュウが、キャンディーのような悲鳴をあげる。なかなかいいらしい。

佐久間からも次第にためらいが消え、彼本来の物怖《ものお》じしない大胆さでSの役を演じはじめた。

複数プレイは、ミュウにとってははじめての経験だった。

ビーチでアキちゃんとのからみはあったものの、同時に何人もの相手をしたわけではない。

ひととおりムチがすむと、ソファーの上で足を開くよう命じた。

「すっかり、お尻が熱くなってしまったな」

赤く染まった双丘をなでてやると、メイドは、

「ううン」

とうめいて、眉をひそめた。

柔らかくて軽いムチでも、回数を多く打てばそれなりのダメージがある。

「すこし冷やそう」

その言葉を聞いたミュウが、

「ああ……」

と言って、小さく震えた。これからなにをされるのかがわかったのだ。

僕はバーボンのソーダ割りがあふれたグラスから、二センチくらいの氷をとり出し、濡れて開くヴァギナに押しこんだ。

「あああっ、いや、冷たい！」

体温であっという間に溶かされた氷は、肉襞の割れ目から水となって流れ出る。

本当に熱くなっているのは別の場所だが、お仕置きプレイに理屈はいらない。

メイド奴隷がつらさを楽しめるよう、むちゃな命令を下す。

「今夜のお客様は、みなさん親切な方ばかりだから、たくさん冷やしてくださる

ようお願いしなさい」

「ああ、うう……どうか……私の熱くなったところを、冷やしてください。お願いします」

じっと見守っていたアキちゃんは、

「ミュウは、本当にいろいろできるようになったのね」

と、感慨深げに言って、グラスから小さな氷をつまみあげた。

「ご主人様が、とっても好きなのね」

「はい。ご主人様が大好きです……あ、あああ！」

アキちゃんの入れた氷もすぐに溶け出し、佐久間も、

「こんなにすぐ溶けるなんて、よっぽどミュウちゃん、感じてるんだね」

と言って、やや大きめの氷を手にとる。

それを押しこまれると、

「あああ、あ、あ……もう、ダメぇ！」

メイド奴隷は、耐えかねたように叫んだ。

氷プレイも冷やしすぎると凍傷になるし、大量に入れれば死の危険がある。

だが、グラスに入るような欠片《かけら》三粒程度ならどうということはない。

ただ、冷えてくると痛みを感じるようになり、ミュウはそれに弱かった。

僕は彼女をうつぶせにし、膝の上で横抱きにすると、指でつまんだ大きめの氷を赤くなった尻にすべらせた。

メイド服をまとった体がビクリと震え、

「ううン」

と、頭を反らす。

端から丁寧に往復し、熱を持ったところ全体を冷やす。

冷えすぎて痛くなってくると、メイド奴隷は、

「もう痛い、いやぁ」

と、頭をふった。

僕は尻から氷をはずすと、平手で二、三度ぶった。そして、また氷をすべらせる。これを何度かくり返してやると、メイドは氷の痛みに酔いはじめ、体の奥から反応を見せはじめた。

しあげにクリトリスを刺激しながら、すこし大きな氷をアヌスに押しこんでやると、声をあげて大きく痙攣し、イッてしまった。

「早いな、ミュウ」

僕がたしなめると、アキちゃんも、

「ホント。許可を与える暇もなかったわね」

と笑う。そして僕の膝でぐったりしているミュウの頰をなで、

「かわいいのね、ミュウ。私も、うんといじめたくなっちゃった」

と言った。

佐久間も、

「俺もわかるな、その気持ち」

パートナーに同意する。

「聞いたとおりだ。今夜はみなさんで、ミュウにお仕置きをしてくださるそうだから、そのつもりでちゃんとお応えしなさい。いいね」

メイド奴隷は苦しげにうめいたが、

「……はい……どうぞ、たくさんお仕置きしてください」

僕の膝から、ほんのり染まった顔をあげ、そう言った。

アキちゃんは、ドレスを脱いでセクシーな下着姿になり、ガーターベルトの上からペニスバンドを装着した。

メイド服を脱いだミュウはベッドへうしろむきにあがって四つん這いになり、

腰を高くかかげて女王様にさし出す。

ベッドの足下には上着を脱いだ佐久間が立ち、トラウザーズの合わせ目から隆々とした陽物をとり出している。

それはちょうどミュウの口の位置にあった。

パートナーどうしで顔を見合わせると、合図し合い、同時にミュウを貫く。

息を呑みこむような「グフッ」という音が響いて、小柄な体が串刺しになった。

リズムよく突いてくるバックからの衝撃に負けまいと、ミュウはかなり苦労しながら佐久間のものをしゃぶっていた。

細い体に似合わない大きな乳房はむき出しだが、白いストッキングと髪につけたホワイトブリムはそのままだ。

それがかえってエロティックだった。

僕は、なにもしていなかった。ベッドのかたわらにある大きなソファーで、ワイン片手に三人の様子を眺めていた。

ミュウには、佐久間をイカせろと命じてある。だが、絶頂は禁じていた。

親友はイクまいとして、小さな口から自分のものをとりあげる。

奴隷はえぐるように犯してくる女王様の巧みな責めに耐えながら、逃げるコックを追って舌を伸ばした。

口のまわりは、自分の唾液でベトベトだ。

僕はソファーの肘かけを、指先で小刻みにたたいた。

快楽に負けて次第に動きの鈍くなる奴隷に、どういうわけか苛立《いらだ》ちを覚えたのだ。

しばらく足を組みかえながら見ていたが、ついに立ちあがり、泣きそうな顔で男根を追いかけるミュウの髪をつかんだ。

「なかなか言うとおりにできないようだな。もっと、きついお仕置きをしてほしいのかな？」

ミュウは、目を閉じたまま首をふった。

「いやぁ……ゆる……して」

「どうやら、してほしいらしいな」

そう言って髪を放すと、首ががっくりと落ちる。

翻弄された体は、荒い息をつぎながら前にのめっていった。

床に横たわったミュウの豊かな乳房が、かけられた縄のあいだから窮屈そうにはみ出し、汗をかいている。

白いストッキングの足もそろえて縛られていたが、それは足のあいだに入れたアナルプラグが抜けないようにするためだ。

奴隷は目を閉じ、眉をひそめながらときおり短いうめき声をもらした。

彼女の腸内には、今三人分の尿が入っているのだ。総量は一・五リットル以上ある。

おしっこ浣腸は、定番のお仕置きのひとつだ。今夜は三人分だと僕が告げると、奴隷は泣きながら愛液をしたたらせた。

黄金の液体が満たされたイルリガードルの容器がスタンドから吊るされると、僕は決してこぼさないように厳命し、コックを開いた。

いつもとは比べものにならない量に、メイド奴隷は冷汗を浮かべて呻吟《しんぎん》したが、なんとかすべてを受け入れた。

「足を縛っただけじゃ心配だから、臘で封をしてやろう」

その言葉に、奴隷の瞳が開かれる。

「いや、いやぁ。ローソクはイヤ。怖い！」

彼女はずっとローソクを怖がったままで、僕は調教のタイミングを待っていた。

今夜は、そのちょうどいい機会だ。

「ダメだよ。ミュウはこらえ性がないから、このくらいしておかないと心配だろう？」

「イヤーッ、イヤーッ！」

奴隷は主の言葉を聞く余裕などなくして、むやみに叫んで首をふる。

アキちゃんが、

「聞き分けのない子の口は、閉じてしまったほうがいいわね」

と言って、叫ぶ口に絹のハンカチをつめ、上からタオルでおおってしまった。

僕は佐久間に、床に横たわったミュウの上半身を起こしてもらった。

「これなら、臘を垂らされるところがよく見えるだろう？」

そう告げられた奴隷は、視線をあちこちにめぐらせて落ちつかない。

あとで臘がきれいにはがせるように、すべらかな恥丘にベビーローションを塗ると、

「ほら、ミュウ、赤くてきれいだろ？」

そう言って、血のように赤い熱臘を落とした。

「うううう」

覚悟を決める間もなく落とされた臘の熱さに、奴隷がタオルの奥から叫ぶ。彼女の肩をつかんでいる佐久間はいっそう力を強め、アキちゃんは汗で貼りついたミュウの額の髪をかきあげた。

僕はまた、臘を落とした。

無毛のデルタは次第に赤で埋まり、くぐもった叫びも絶え間のないものとなった。

やがてY字の渓谷がすっかり見えなくなると、そこに血の池が出現した。まわりに飛び散った赤い飛沫《しぶき》が、生々しい想像をかきたてる。白いストッキングとの対比も美しかった。

僕は股間を罰しただけでは飽き足らず、さらに胸へもローションを塗った。ミュウは見開いた目に涙を浮かべていやがったが、許さなかった。

横につぶれて飛び出した乳房の先が、みるみるうちに熱い色に染まる。

「んんんん……うん……ん！」

激しく頭をふるせいではずれそうになったホワイトブリムを、アキちゃんが気を利かせてとった。

柔らかな乳房は、いくらもたたないうちに赤い鎧《よろい》におおわれた。しかも、灼熱《しゃくねつ》の鎧だ。

僕はその様子に満足すると、次のターゲットへ移った。

「次はお尻だ。こここそ、よぉく封をしておかないとな」

ミュウは泣きつづけ、口をおおったタオルにまで、涙が染みとおっている。

僕は佐久間とふたりで、縛られた体をひっくり返した。

「ううん」

うめく力も、もはや弱くなっている。

さっき三人にムチ打たれたかわいそうな尻は、まだ赤くなって熱を持っていたが、僕は容赦なく臘を垂らした。

休まず、次々と、痣をおおうように垂らしていく。

もし体が自由に動いたら、ミュウはのたうちまわっていたことだろう。

恐怖の去らないまま責めつづけられることは、受ける苦痛を倍増させる。

双丘に垂らすところがなくなると、今度はその上の部分をじわじわと血の色に染めていった。

腰や背中が、火傷を負ったようにただれた色になってゆく。

背中で縛られた手も熱臘の洗礼を受け、アキちゃんが髪をかきあげてくれたうなじまで、皮膚をはがされたかのように真っ赤になった。

ミュウは、もう動く力も残っていないようだった。

ぐったりと目を閉じ、肩だけが呼吸のたびにかすかに揺れている。

そこまでやって、僕はようやく許してやる気になり、口をおおっていたタオルをはずしてやった。

「ずっと想像してた、拷問される囚《とら》われの美女の気分がすこしは味わえたかな」

そう言ってやると、ミュウは大粒の涙をこぼした。

「怖かっ……もう、いや……熱い……いやぁ」

背中の臘をはがしていたアキちゃんが、

「本当に甘えん坊ね」

と笑い、

「SM用のローソクは温度が低いから、上手に垂らせば火傷しないわ。慣れると、もっとよくなるわよ」

と慰める。

「アキは好きだもんな」

佐久間がからかえば、クールな女王様は、

「知らないっ」

と、横を向く。

彼は、そんなアキちゃんのアゴを捉えて自分のほうを向かせ、

「じゃあ、好きですと言うまで、ここに垂らそうか？」

そう言って、一生自分のものにすると誓った、奴隷のクリトリスリングを引っぱった。

「ああっ！」

不意打ちに、アキちゃんのしなやかな体が崩れる。

佐久間はそれを受け止めながら、

「だけど、ミュウちゃんが、おなかに入っているものを出すのを見てからだな」

胸もとに抱きこんだ白い耳にささやいた。


夜がもっとも深くなったころ、僕とミュウはベッドの中にいた。

海に向かって開いた窓からは白く冷えた月の光が射しこみ、闇の底を洗う単調な潮騒《しおさい》が聞こえてくる。

ミュウは焦点のないまなざしを、ぼんやりと壁にむけていた。

僕は、その細い体を背中からゆるく抱いている。

ずっと黙っていたミュウが、ボソッと言った。

「久我さん……意地悪だった」

「そんなことないだろ。いつもの僕だよ」

すこし笑うと、気だるげに首をふる。

「いつもすこし意地悪だけど、今日はもっとそうだった」

「その意地悪なところが、好きなんだろ？」

からかうように言うと、

「久我さんは好きだし、意地悪なとこも好きだけど、怖いのはいや……久我さんが遠くなる気がする」

「もう、奴隷はいやになったか」

「そうじゃなくて！」

「私のこと、好き？」

ミュウは、もどかしげに僕をふり返った。

「好きだよ……いい奴隷だと思ってる」

「奴隷……」

ミュウはそう言うと、また力なく頭を枕に戻した。

そして、

「やっぱり私って、奴隷なだけなのよね。そういうことでしかないんだ」

自分に言い聞かせるようにつぶやく。

「SMの主従関係は、それで充分なはずだろ?」

僕の言葉に、彼女は一瞬体をこわばらせた。

だが、すぐに力を抜いて、

「そう……そうよね……私は、いい奴隷にならなくちゃいけないのよね。もっと、もっといい奴隷にならなくちゃ」

と、また自分に確認するように言う。

「ミュウは、今でもいい奴隷だよ」

僕は言ってやったが、ミュウはむこうを向いたまま首をふり、それきり黙った。

波の音が、ふたりのあいだの時間を規則正しく区切ってゆく。

そのひとつひとつが、今夜はひどく重かった。

その重さが面倒になってきて、僕は結局本音を打ちあけることにした。

「さっき、佐久間のものをしゃぶっているミュウは、すごくイヤラしかった。アキちゃんのペニスにも感じているのがありありとわかって、いつもよりよけいにいじめたくなった」

「そうなの？」

嫉妬《しっと》をほのめかした僕を、ミュウはパッとふり返った。

そして、

「ホントに？」

と確かめる。

僕は、

「ホント」

と言って、ミュウから腕を離し、上を向いた。

奴隷の心身すべてに責任を持つ主は、常に感情の安定した存在である必要がある。しかしミュウが相手だと、それほどクールに割りきれなくなる自分を感じていた。

「しあわせ……」

体の向きを変えた彼女が、僕の胸に頬を寄せてきた。

そんな彼女の背中に、ふたたび腕をまわす。

「だったら、さっきのローソクでもそれを感じてほしかったな」

そう言って、小さく整った鼻先をつまんだ。

ミュウは、

「やぁ」

と、甘えた声で言って逃げるそぶりを見せたが、ふと真顔になって、

「でも……ちょっと、しあわせだったかもしれない」

と、僕の顔を見た。

「あのね、しあわせっていうのとは、ちょっと違うかもしれないんだけど……なんていうか、ここからはどうしても逃れられない、ご主人様のなすがままになるしかないって思うと、いろんなことがどうでもいいような気持ちになるの。自分をまるごと放《ほう》り出す感じ」

それが快感と言えなくもなかったと、彼女は言った。

「前は、その無力な自分を想像することで、気持ちよくなっていたんだろ？」

「そう。たしかにそうだったんだけど……昔のあれは、自己破壊なんだと思う。無力なまんま、壊れてゆく自分をただ見ていたの。でも今は、壊れたくないの。ご主人様といっしょにいろいろ楽しみたい。だから、ご主人様に気持ちが通じな

くなると淋《さび》しいの」

「通じていれば、ああいうのも楽しめそう？」

ミュウはすこし考えて、

「きっと楽しめると思う」

と言って、うなずく。

「……たぶん、あれが、すべてをご主人様に委ねる感覚なんじゃないかと思うの。こう……自分を手放す感じ。もう考えることもやめて、悲しいとかつらいとか、そういうのがいっさいなくなって、私のぜんぶがご主人様でできているような、ふたりがいっしょになったような、そんな感じ」

ミュウは、月光を映した瞳で僕を見つめながら、

「ねえ、アキちゃんは、もうその感覚を持っているんでしょ？」

とたずねた。

これまでのふたりを見ていて、自分たちとの違いを感じたのだろう。

「おそらくね」

返事をしながら、僕もあのふたりのあいだにあるものを考えていた。

「佐久間さんにローソク責めされるアキちゃんを見てて、なんてしあわせそうな

んだろうって思った。ひとりでなんでもできて、いつもカッコいいアキちゃんが、すっかり佐久間さんに身を委ねてた」

両手を縛られ、足を大きくひろげられたアキちゃんは、クリトリスのリングが見えなくなるくらい熱臘を垂らされ、きれいな高い声で叫んでいた。

佐久間は積もった臘を幾度もはがし、彼女が泣いて許しを乞うまで続けた。

「許して……」

と訴えたときの声の甘さは、今も耳に残っている。

涙を浮かべるアキちゃんを見おろす佐久間のまなざしにも、忘れがたいものがあった。

「あのふたりは、どういうプレイをするとかしないとかの前に、強い信頼関係がもうしっかりとできあがっている。アキちゃんは佐久間を絶対的に信じているし、佐久間はアキちゃんがよろこぶことなら、なんでもしてやろうと思っている。アキちゃんのほうに、あらかじめちゃんとしたSMのイメージがあったから、まだテクニック不足の佐久間でもなんとかなっているんだろうな」

「私は、まだいろいろ足りないのね。こんなにご主人様が好きなのに……」

「ミュウのせいばかりじゃないさ」

僕の言葉を、どう受けとったのか、彼女はすっかり機嫌の直った顔で、

「そのうちアキちゃんみたいに、ローウソクも好きになれると思うの。だから、もうちょっと待っててね」

そう言って、胸に頬をすりつけてきた。

僕は、ほろ苦いものといっしょに華奢な体を抱きしめた。

「今日は、ご主人様のおしっこがちゃんと飲めたから、許してあげよう」

そうなのだ。アキちゃんのローソク責めが終ったあと、佐久間はムチで彼女の股間の臘をはじき飛ばし、

「久我、いっしょにご褒美をやらないか」

と誘ってきた。

聞けば、ご褒美はいつも「ご主人様の聖水」なのだという。

「いいね」

と、僕は乗り、互いの奴隷にひざまずかせて、その口へ放尿した。

ミュウはアキちゃんのローソク責めにひどく興奮していた。

だから、いつもなら半分も飲めないのに、ゆうべはぜんぶ飲みほしたのである。

勢いでできたとはいえ、成果は成果である。

僕は奴隷を褒め、明日もそうすることを誓わせたのだった。

気がつけば、ミュウは腕の中で寝息をたてはじめていた。

僕は、月に半分照らされたなめらかな額にキスすると、ため息をひとつだけつき、ゆっくりと眠りに落ちていった。

第五章　熟女Mの誘惑

葉山から帰ってきてすぐ、ミュウは風邪をひいた。熱もあるし、咳も出る。病院へ連れていこうとしたら、

「迷惑かけたくないから、治るまで実家へ帰る」

と言う。

僕に止める権利はなかった。

気がねなく面倒を見てもらえるほうがいいのだろうと思い、アプリで呼んだタクシーまで荷物を運ぶ。

実家まで送っていくつもりだったのだが、駅で兄が待っているからと言われ、見送るだけにした。

乗りこんだシートから見あげているミュウはすこし涙ぐんでいて、

「ごめんね」

と、マスク越しのかすれ声で言った。

「気にしないで、ゆっくり休んでおいで」

笑ってやると、うんとひとつうなずいて、深く座りなおす。

ドアが閉まってタクシーが行ってしまうと、湿っぽい虚脱感が襲ってきた。

僕は頭をふると、

「さあ、仕事、仕事」

わざと声に出して言って、部屋へ戻った。

次の日の夜、たまにプレイする、いわばSM友達の貴里《きり》から電話がかかってきた。へんに遠い声で、ときどき苦しげに息をつぐ。

「なんだ、どうしたんだ」

「お願い、助けて！」

「えっ？」

「縛られていて、動けないの。助けて！」

聞けば、SNSで知り合った男とホテルへ行き、ひととおりプレイしたあとで放置されたのだと言う。

両足首も縛られているため、ぴょんぴょん跳びながらなんとかバッグまでたどり着き、うしろ手でスマホを操作して僕に電話してきたらしい。

「あいつ、ホテル代出すのがいやで、やり逃げしたのよ」

品川《しながわ》にあるシティーホテルだと聞いて、すぐに駆けつけた。

ドアを開けてみると、裸の全身に赤い綿ロープをかけられたグラマラスな美女がベッドへ腰かけていた。

自治体の大きな図書館で司書をしている貴里は、四十三歳のバツイチだ。子供はおらず、もっぱら後腐れのない相手と夜を楽しんでいる。

初対面の相手とのプレイも好きで、なにをされるかわからないスリルがたまらないのだと言っていた。

「なにやってんだよ」

彼女のほうがひとまわり年上だが、遠慮のない間柄だ。

小言を並べながら縄をほどいてやると、

「ありがとう」

疲れた声の礼が返ってきた。

最後に会ったのは一年ほど前だが、相変わらず若々しい。

脂肪の乗ったやや太めの体型は、縛るといっそう魅力が増して嗜虐性をそそる。

縄を覚えはじめた学生の頃に出会って、何度も練習台になってもらった。

プレイのテクニック面で教えてもらったことも多い。

特定のパートナーを持たない主義の彼女とは気楽につきあえたのだ。

初対面の男との危険なプレイはその頃からしており、注意したこともあったが、僕もしょせん行きずりの相手だ。なにかあったら電話しろということくらいしか言ってやれなかった。

「大丈夫か」

全身をざっと確認しながら訊くと、

「うん」

と、適当な返事をする。

「シャワーを浴びてくる」

バスルームへ向かう背中には、古い火傷や肉に鉤を引っかけて吊った痕などがうっすらと残り、まるで百戦錬磨の勇者のようだ。

自分の体を大事にしないことにかけて、貴里以上の女を僕は知らない。

その、自分でもどうにもならない欲望のせいで離婚したのだとも聞いている。

特定の主を持たないのは、ひとりでは物足りないからだと笑っていた。

一度、昼間働いている姿が見たくて、図書館へ行ってみたことがある。

長い茶髪をきちんと束ね、グレーの制服を着てメガネをかけた姿は、まるで別人のようだった。

本を探す利用者へよどみなく答える姿を見れば、教養のある上品な女性だとわかる。

それがあんなふうに豹変《ひょうへん》して乱れるなどと、誰が想像できるだろう。

バスルームから出てきた彼女は、肩のあたりを気にして腕をまわしていた。

「痛めたのか」

「ううん……ま、このくらいなら大丈夫だと思う」

相変わらず無頓着だ。

「念のために病院へ行けよ」

「面倒くさい」

ひとの心配をバッサリと切り捨て、

「あ、そうだ」

とふり返った。

「明日、空いてる？」

「なんだよ」

僕はすこし身がまえながら訊き返した。

「オフ会があるのよ。いっしょに行かない？」

「今日、こんな目にあっといて、明日もまた行くのか」

「なによ、説教なら聞かないわよ。行くの、行かないの？」

「…………」

即答を避けた僕に、貴里は「ん？」と疑いのまなざしをむけた。

そういう勘だけは妙に鋭い女だ。

「誰かできた？」

「ああ……うん、できた」

「はあん、なるほどねぇ。じゃあ、しょうがないわねぇ、ナオくん」

下の名前をくんづけで呼びながらニヤニヤ笑う熟女に、返せる言葉はない。だが、ひとりで行かせるのも心配だ。

ミュウが帰ってくれれば行けないが、明日もまだ実家なら、ついていってやりたい。

「どこでやるんだ」

「新宿《しんじゅく》」

「何人くらい？」

「五十人近く来るらしい」

「けっこう大きいオフ会だな」

「うん、まあね」

その規模なら会場も広くて、誰がどこでなにをしているかわからないカオス状態になる可能性が高い。

「まだはっきりしないけど、たぶん行けると思う」

「なに、彼女とケンカしたの？」

「そうじゃないよ。ちょっと実家へ帰ってるんだ」

オフ会へついていっても、プレイに参加するわけではない。貴里が危ないことをしないよう、気を配ってやるだけだ。

「無理しなくていいのよ。彼女を悲しませたら悪いもの」

「大丈夫だよ、ただ見ているだけだから」

「そういう気づかいが、もう浮気なのよ。恋人以外の女を心配する男の優しさは、すでに罪よ」

人さし指を突きつける熟女の手首を、僕はつかんだ。

「やっぱり鬱血《うっけつ》してるじゃないか」

はぐらかすためにつかんだのだが、見れば腕全体に小さな赤い点が散らばっている。二の腕の縄痕は、内出血して青くなっていた。

「こんな状態で行くのか」

「そうよ、まだ足りないもの」

あっけらかんと言うベテランM女に、これ以上なにか言うのは無駄だ。

ミュウからは、今夜も連絡がない。発熱して三日目だから、まだ回復していないのだろう。

「わかった。明日、いっしょに行く」

ブラジャーのホックを止めている貴里に、僕はそう告げた。

オフ会の会場は、地下にあるSMバーだった。靴を脱いであがる形式で、更衣室や衣装部屋を含めた広さは百平米近い。

ショーができるような、大きなスペースのほか、壁で区切られた半個室も五つあって、内装はシックなアジアン風だ。

すでにいろいろなコスチュームに着がえて、遊んでいる人たちもいれば、カウンターで飲んでいる客もいた。

男女のSやMはもちろん、異性装や同性愛のプレイヤーもいて、早くも混沌としている。

こういった場所での性器の露出や挿入は法律で禁止されているが、貸切となればなにが起きるかわからない。

大スペースのテーブルに座ると、何人かの知り合いに声をかけられた。

アブノーマルな世界は、案外狭い。どこかのイベントに参加すると、たいてい知った顔がいる。

貴里はもちろん僕より有名で、参加者のほとんどが顔見知りだ。大胆なヤツは、挨拶《あいさつ》しながら彼女の胸をもんでいる。

今夜の装いは丈の短いシルバーのキャミソールドレスで、百センチのバストとヒップがはちきれそうだ。

ノーブラだからサテンの生地に乳首がくっきりと浮き出ていて、エロティックなことこのうえない。

化粧もそれに合わせたビッチふうで、グリーンのアイシャドーや長いつけ睫毛が、アメリカンコミックスに出てくるセクシーな女性のようだ。

「あなたも冒険すればいいのに」

と言われたが、僕はただの見張り役だ。

いつものカジュアルな服装でハイボールを頼み、隅の座布団で壁に背を預けた。

スペースの中央で緊縛の準備が始まった。

天井に十字に渡ったパイプからは滑車がいくつも下がり、床はそこだけまるくタイル敷になっている。体液などで汚れても、すぐに拭き取れるようにということなのだろう。

僕も知っている縄師が、参加者の女性を縛ってあおむけに吊りあげた。片足だけ下に垂らしたアンバランスな難しい縛りで、みんなが写真を撮ると、次のポーズへ変えていく。

半個室のひとつからはムチの音が響きはじめ、また別の部屋からはバイブで責められる女性の悲鳴が聞こえてきた。

貴里は、

「ちょっと縛られてくるね」

と言って、厳しい責め縄で有名な縄師のところへ行き、次の緊縛ステージへあがった。

大柄な中年の縄師は、鮮やかな手つきでボリュームのある彼女の体を縛りはじめた。光沢のあるシルバーのドレスが締めあげられ、うしろ手に縛られた縄のあいだから、乳房が大きく前へ張り出す。

よく見ると、二の腕の内出血した部分を巧みによけている。だてに名を売っているわけではなく、やはり細心の注意を払って見せる縄を構築しているようだ。

胸から下腹にかけては左右二本ずつ斜めに縄がかけられ、菱形《ひしがた》の美しい模様ができている。

股間に四本の縄が渡り、上に引きあげられると、貴里は半眼になってあえぎをもらした。足のつけ根までドレスの裾が引きしぼられ、ムッチリとした太腿がむき出しになっている。

まだ緊縛は途中だというのに、男たちが群がって盛んに写真を撮る。

縄師は、貴里の右膝を折り曲げて縛った。

片足立ちになったアメリカンビッチは、ぽってりとした真っ赤な唇を開きっぱなしだ。

左膝も同様に縛られると、重量感のある体が三カ所で吊られて宙に浮いた。しあげに、ロングの茶髪もまとめて縛られ、上に引きあげられる。

多少のテンションがかかって、目が吊りあがったように見える。

体重は、ハーネスの役目をはたす。腿のつけ根から腰に至る縄にかかっているから、まだそれほどの苦痛はないだろう。

だが、責め縄師として名を馳せる彼の本領は、そこから発揮された。

ゴツゴツした浅黒い手が、股縄にかかる。

観客が息をつめて見守るなか、ビッチの股間に渡った四本の縄がゆっくりと引きあげられた。

貴里は、腹の底から絞り出すような、にごった悲鳴をあげた。

縄師は、何十秒か引きあげたあと、またゆっくりと戻し、数秒休んで引きあげるというのをくり返す。
五、六回それをやったあとは、引きあげた状態で前後左右に揺さぶりはじめた。
股間の縄は十センチ近く食いこんで、サテンの生地に切れ目でも入ったかのようだ。

貴里は大きな口を開けて、咆哮《ほうこう》しつづけている。縄からはみ出した腕や胸もとには汗が珠となって伝い、目もとの化粧もにじんでいる。

だが、そのくらいの責めでないと、彼女は満足しない。他人の目にどう映ろうと、これこそが至福の時間なのだ。

吊りからおろされたビッチは、縄をほどかれてよろめいた。

僕は手を貸し、座布団を並べた壁ぎわに横たわらせた。

股間を見ると、Tバックの下着が深く食いこんで、大陰唇がはみ出しているものの、大きな出血はしていない。

胸はゆっくりと上下し、呼吸も落ちついているようだ。

汗ばんだ背に貼りついた髪をかきあげてやると、麻縄のクズが手についた。

R&BのBGMとプレイする人たちの悲鳴や話し声で騒がしいなか、

「大丈夫か」

と、耳もとへ声をかける。

「うん」

いつものそっけない答えが返ってきた。

「下着をとりかえてくる」

ボソッと言って貴里が立ちあがる。まだふらつくうしろ姿がトイレへ消えるのを確かめてから、前を向いた。

怪我《けが》をしていないかどうかの心配はしても、ミュウが責められたときのような苛立ちは感じない。

これまで貴里のほかにもパートナーを持ったことはあったが、やはりそれほど嫉妬を感じたことはなかった。

そもそも、誰ともあまり深くつきあったことはないし、SMは人生のちょっとした楽しみだと思っていた。

気になってスマホを開いてみるが、ミュウからの連絡は来ていない。

（よっぽど悪いのか……）

マンションを出るときは、そこまで重いようには見えなかったが、これまでの疲れが出たのかもしれない。

なにしろはじめての同棲《どうせい》で、しかも主従関係だ。

着がえから戻ってきた貴里は、革のパドルを持った四十代らしき男といっしょだった。

化粧もきれいに直して、アメリカンビッチの妖艶《ようえん》さをとり戻している。

「個室で遊んでくるから」

言うだけ言って、僕から見える半個室へ入っていった。

四つん這いになって男に尻をむけると、さっそくパドルがふりおろされた。使いこまれた馬具のように光沢のある三十センチほどのものだ。

バチンと重い音がして、クッと息をつめる声が聞こえてくる。

十回以上打っても大きな悲鳴をあげないビッチに焦れたのか、男がスタンガンをとり出した。

止めに行こうかどうしようか迷ったが、必要なら貴里のほうから助けを求めてくるだろうし、いやなことを黙って我慢する性格でもない。

バリバリっと派手な音がして、彼女の太腿の裏側に金具が押しつけられる。

厚みのある背中がビクッと跳ねてアゴがあがり、短い悲鳴がもれた。

それに気をよくしたのか、男が何度もスタンガンを押しつける。

長く押しつけずに一瞬で離すところを見ると、責め方には慣れているようだ。

しかし、衝撃が積みかさなっていけばそれなりのダメージになる。

ドレスの裾をまくり、パドルで打たれて赤くなった尻や、縄で責められた股間にまで電撃を加えはじめたところで、とうとう貴里の姿勢が崩れた。

自分で立ちあがれず、足をガクガクさせている。

責めていた男とふたりで両脇をかかえ、座布団の席まで運んで横たえた。

男はオロオロしながら、

「大丈夫ですか」

と訊いてきたが、責任を問われたら面倒だと思ったのだろう。僕がそばについているのを見て、すぐに行ってしまった。

貴里の太腿や尻には、二ミリほどの赤い点がいくつも残っていた。

とくに打撃を受けた場所につけられた点は色が濃い。ぶたれて赤く腫《は》れたところに、さらに炎症をひどくする衝撃を受けたのだから当然だ。

軽い火傷と同じなので数日で消えるだろうが、しばらくはヒリヒリと痛むだろう。筋肉が受けたダメージも気になった。

それにしても、今夜はいつもより暴走ぶりが激しい。

「どうしたんだ。なにかあったのか」

たずねると、答えるまでにしばらく間があった。

「別に……いつものことよ」

「いつもよりひどいだろう」

「それは、あなたが最近の私を知らないからよ」

そう言われてしまうと、なにも返せない。

「そうか」

とだけ言って黙っていると、貴里が話しはじめた。

「こういうこと、いったいいつまでできるのかなぁって、最近よく思うのよ。体力の問題もあるけど、見た目も衰えてくるでしょう。その日出会った男を食いものにしている身としては、心配になるわけよ。私はいつまで、男たちをその気にさせることができるのか、ってね」

「死ぬまで大丈夫だろう」

別にお世辞でもなんでもなく、そう言った。

「死ぬまで性欲が衰えない男は多いし、貴里の魅力は見た目だけじゃないよ」

「あら、うれしいことを言ってくれるわねぇ」

横たわっていた座布団から身を起こし、妖艶な熟女は微笑んだ。

「でもね、たとえ自分が年とっても、相手が同年代のおじいちゃんじゃいやなの。プレイ中に死なれたら困るから。せめて四十代ね」

僕は吹き出した。

自分の四十代はまだ想像できないが、その年齢になれば死ぬまでになにができるのか考えるようになるのだろうか。

「なんだ、楽しそうだな」

そう言って前の席に座ったのは、最初に緊縛を見せた縄師の和田《わだ》だった。

「あ、どうも、お久しぶりです」

顔見知りだが、特に親しくもないので、適当に挨拶する。

貴里は、もう挨拶がすんでいるのか、

「どうも」

と言ったきりだ。

ふたりは年齢が近く、たぶんプレイしたこともあるのだろう。

和田の本業は別にあるが、時間が自由になる職業らしく、イベントなどで緊縛ショーをしたり、縄の講習会をしたりしている。

つきあいが広く、奴隷を複数かかえる多頭飼《たとうが》いとしても有名だ。

少し腹の出た、よくしゃべる男で、そのぶん他人の意見をあまり聞かないところがある。

「久我くん、最近見かけないね。縄会には出てるの？」

「いえ、ここ数年はご無沙汰でして。もっぱら仕事ですよ」

話していると、和田のとりまきたちが寄ってきた。

SM界には縄の系統がいくつかあって、それぞれ伝説級の縄師が始祖となっている。××流と称して、師匠の名前の一部をもらう家元制を敷いているところもある。

和田は、ある始祖の直弟子であることを誇りにしている。彼のもとに集まってくるのも同じ流派の人や、それに憧れてくる人間が多い。

そうやって、たくさんの崇拝者や同好の仲間を集め、大きな群れを作ることを好む男だった。

縄好きの男性たちが集まると、ときにテクニック自慢や、かかわった女性たちの品評会のようになったりする。

どちらもあまり興味がないので聞き流していると、どうM女を満足させるかの話になった。

要するに、多頭飼いをしても、それぞれの女たちに文句を言わせないようにするにはどうすればいいかということだ。

誰もができることではないので、実践しているSはやっかみと称賛を受ける。自分の奴隷を一度も持ったことのない男性も多く、みんなそのコツを知りたがった。

和田が得々として語りはじめた。

「まずは名前を売ることだよ。こういうオフ会とかイベントへまめに顔を出して、SNSで書く。主従関係やプレイに対する自分の考えや信条を入れると、けっこう奴隷志願者が食いついてくる」

彼の場合は、××の直弟子という看板があるため、名を売ることは比較的簡単だったのだろう。

考えや信条といっても、なんでも言いきってしまえば自信ありげに見える。たいしたことを言っていなくても、知識や経験の少ない女性たちはその雰囲気に惑わされる。

「奴隷になった女たちからのメールには、できるだけ早く返事をする。とくに、なりたてのM女はよく長文のメールを送ってくる。そういうのには、同じくらいの長文で返す。夜中でもなんでも、やりとりにつきあってやるのが最初は肝腎なんだ」

若いとりまきは、メモでもとりそうな熱心さで聞いている。

「それがなかなかできないんですよ」

「長い文章を書くのは苦手で」

といった声があがり、それがまた和田への称賛につながっていく。

「奴隷が十人いたとして、そのひとりひとりに自分の力を十分の一ずつ分配するというのではダメなんだ。ひとりに対して自分のすべてを使う。十人いたら、十人それぞれに対して全力で面倒を見る。手抜きされていると思ったら、女は不満を持つからな」

周囲から「おお」という感嘆のざわめきが起こった。

「そうはいっても、女たちの中には必ず文句を言ってくるヤツがいる。そういうときは、耐えるのも奴隷の役目だと言って聞かせる。そこで納得させ、我慢させるが奴隷のしつけだし、主の力量なんだ」

多頭飼い自慢が最高潮に達したところで、貴里が短い笑いをもらした。

「ひとりひとりに自分の百パーセントで対処するとしても、二十四時間ずっとじやないでしょ。時間は人数割りなのよ。たとえ質が百でも、量は十分の一ずつだから不満が出るのは当たり前よ」

和田はグッとつまり、まわりもシンとして気まずい空気が漂う。

貴里がさらにつづけた。

「奴隷さんたちは文句があっても言わないだけよ。彼女たちの寛大さと忍耐強さのおかげで主をやっていられるんだから、感謝しないとねぇ」

「俺のやり方がいやならほかへ行けばいい。離れないのは、自分で納得してそうしているんだし、しつけに満足しているってことだろう。多頭飼いの主に仕えるというのはそういうことだ」

反論する和田に、貴里はにっこりと笑った。

「そうよねぇ。だから、M女さんの入れかわりも激しいし、しょっちゅう新しい女性とプレイできて、こんなオイシイことはないわよねぇ。多頭ってサイコーだわ」

皮肉たっぷりに言って、

「行きましょう」

と、僕の肩をたたいた。

ふたりで店を出ると、夏の終わりのゆるい風にとりまかれた。

貴里は膝まであるロング丈のカーディガンをはおり、シルバーのミニドレスを隠している。

「ごめんなさいね。ナオくん、ああいうところはあんまり好きじゃないのに、無理につきあわせちゃって」

「いや、久しぶりでおもしろかったよ」

いろいろな意味でおもしろかったのだが、それを聞いた貴里は盛大に笑った。

「どこかでお茶でも飲んでいかない？」

「いいね」

すぐに帰る気分にはなれなくて、誘いに乗った。

駅前のビルの八階にあるレストランバーへ入ると、時間が遅いせいか、客はまばらだった。

窓ぎわの席に案内されて、繁華街の灯りを見ながらロシアンティーを頼む。

ウオッカと薔薇のジャムが添えられた紅茶が運ばれてくると、波立った気分を癒《いや》す香りがあたりにひろがった。

「和田さんみたいな人を手本にしないでね」

いきなりそう言われ、思わず貴里の顔を見た。

「どうしたんだ、急に」

「M女さんに耐えさせるのがしつけとか、ありえないから。耐えるのはプレイのときだけよ。ああいうのが本当のSMだと思っている人も多いから、念のための忠告」

たしかに、多頭飼いをするS男性はカッコいいとされる風潮がある。M女性たちも、彼らに精力的な男らしさを感じて寄ってきている側面がある。

「ただの女好きが、ごたくを並べているにすぎないのよ。M女さんたちが許してくれているから好き勝手なことができるってだけなのに、自分の苦労にしか目がいかない。来るのも去るのもM女の責任にして、気持ちの埋め合わせもしてあげないから、ついひとこと言いたくなっちゃった。いい多頭さんもいるけど、ああいうのはちょっとねぇ」

「さっきはカッコよかったよ」

僕は心からそう言った。

貴里は照れたように横を向き、

「まあね、私だって不特定多数の男を相手にしているんだから同じ穴のムジナなのよ。彼を否定できない。ただ、偉そうなことを言わないようにしているだけ」

そう言いながら、ウオッカをたっぷり入れた紅茶を飲む。

つけ睫毛が頬に長い影を落とし、真っ赤な唇のグロスに夜の街の灯りが反射している。

不特定多数と関係することについて、世間の評価には男女で差がある。

男性だと、カッコいい、男らしい、と称賛されることのほうが多い。しかし、女性が同じ行為をしても称賛されないどころか、ほぼ否定的に捉えられる。

それに対して貴里は、言い訳も責任転嫁もしたことがなかった。すべて自分の身で引き受け、動じなかった。

「ねえ、前から言おうと思っていたんだけど……」

年上の女友達は、改まった顔で口を開いた。

「ん？」

「あなたがプレイを始めた頃に、いろいろ教えてあげたでしょ。イベントやオフ会にも連れていってあげたし」

「ああ、感謝してる」

「私はこんなだから、すごくドライな関係しか見せてやれなかったなあって思っているのよ。ノーマルな人たちのセフレみたいな感じで、プレイだけを楽しむ軽い関係」

「うん」

「だから、そういうのがSM主従だと、思っているんじゃないかと、ずっと気になっていたの」

「いや、そんなふうには思ってないよ」

SMの関係性は多様だ。主従で結婚しているカップルいるし、ひとりの奴隷を長く大切にしているSもいる。

「そう？　でも、恋愛とは別だと思っているでしょ。これまでのパートナーさんたちとも、そんなに深くつきあわなかったみたいだし」

SM界では、恋愛と主従関係を区別する考え方が主流だ。奴隷を気づかったり、主を慕ったりする気持ちはあっても、恋愛とは違うとするプレイヤーのほうが多い。

愛し合うのではなく、信頼し合うのである。愛ではなく、支配被支配によって一体感の幸福を得るのだ。

「うん、まあ……そうかな」

ミュウに対してはこれまでと違うという思いはあるが、それが恋愛なのかと言われると即答できない。

葉山でのことは、所有欲や独占欲から発生した感情だと考えることもできる。

「主従って言ったって、しょせん人間関係なのよ。日常も非日常も同じように楽しんで愛し合えるなら、それに越したことはないの。私は欲望が大きすぎるから、愛をあきらめただけ」

意外な告白だった。最初から愛とか恋とかが面倒で、わざと避けているのかと思っていた。

「女はね、男みたいに簡単には割りきれないのよ。関係が築かれれば、心を捧げてしまう。相手からは、せいぜい執着心くらいしか返ってこないのに」

返す言葉がなかった。

「だからね、大切な人ができたなら、主とか奴隷とかいう前に、同じ時間を過ごすひとりの人間として接してあげて。そして、あなたの心を開いてみせて、きちんと愛し合うの。そうすれば、最高のプレイができるわ」

「最高のプレイ？」

「そうよ。あなたには、それを経験させてあげられなかった。誰とでもできることじゃない、特別な人とだけできるプレイよ」

貴里はアメコミふうの濃いメイクの顔で、慈母のように微笑んだ。

ふくよかな体から、柔らかな光がこぼれ出ているように見えた。

駅での別れぎわ、彼女は、

「もう連絡しないから、おしあわせにね」

そう言って手をふり、改札口へと入っていった。

僕は、そのうしろ姿から、いつまでも目が離せなかった。

第六章　奴隷の嫉妬

ミュウが実家で養生しはじめてから五日目、ようやくメールが来た。

熱が四日も下がらず、やっと今日起きあがれたのだという。

まだ咳が残り、だるさもとれないから、あと一週間ほど滞在するとあった。

ゆっくり休むように書いて送ると、明日ビデオ通話をしたいという返信が来た。

どうして今日はダメなのかたずねると、お風呂に入っていないから恥ずかしくて見せられないという。

そんな、どうということもない普通のやりとりが新鮮で楽しく、ミュウのいない日常の淋しさを改めて感じた。

それから毎日、時間を決めて一時間ほどビデオ通話をした。

実家の部屋の中も、グルッと映してもらったし、幼い頃のアルバムも見せてもらった。二、三歳の頃は今よりまるくて、本当に愛らしかった。

大人になってから知り合った人の子供の頃の写真を見ると、不思議な気持ちになる。あんなに小さかったものが、こんなにも大きくなるのだと思い、生きてきた年月を想像して、感慨にとらわれるのだ。

ミュウは、きっと誰からも愛されて育ったに違いない。

彼女を想うと、心の底が温かくなった。


一週間後、すこしだけ痩せたミュウが、彼女の兄が運転する車でマンションへ戻ってきた。

外で出迎えた僕に、車のドアを開けて駆けよってくる。

「おかえり」

と言うと、

「ただいま」

と、うれしそうに笑った。

兄という人にははじめて会ったが、妹とは正反対の怜悧《れいり》な雰囲気を持っていた。

「お兄ちゃんは大学病院に勤めているの」

専門は内科だという。

「友永誠也《せいや》です。妹をよろしくお願いします」

「久我尚幸です。こちらこそ、よろしくお願いします」

自己紹介すると、友永氏は軽く頭を下げて微笑んだ。その笑みは、ミュウとよく似ていた。

まだ倦怠《けんたい》感があるという妹にくどいほど注意し、僕にもう一度頭を下げると、帰っていった。

玄関を入ってすぐ、ミュウはキスをせがんできた。

荷物を放り出して壁に押しつけ、何度も角度を変えながら唇を合わせる。

やっと戻るべきものが戻ってきたという気がした。

ミュウの様子がおかしいと気づいたのは、一週間ほどたってからだった。

なにか言いたげに僕を見ては、視線をそらす。

「なに？」

と訊いても、

「ううん」

と言って横を向き、うつむく。

ひとつだけ思い当たることがあった。

二日前に、快気祝いだといってアキちゃんとの食事に出かけたのだ。僕も佐久間も抜きの、女子会だった。

あるいはそのときに、貴里とオフ会へ行った話を聞いたのではないかと思った。

アキちゃんはもう店をやめて昼間の仕事をしていたが、かつての客たちとの交流が途絶えたわけではない。

佐久間といっしょに、SM関係の集まりに出ることもあって、あの界隈《かいわい》の情報はすぐに入ってくる。なにしろ、広いようで狭い世界なのだ。

僕は朝の食卓で、

「なにか訊きたいことがあるんじゃないのか？」

と、ミュウに言ってみた。

彼女はしばらく黙っていたが、やがて、

「貴里さんって誰？」

と訊いてきた。

「最初のパートナーだよ。学生時代に一年くらいつきあって、別れたあとはお互い気の向いたときだけプレイするSM友達になった」

僕は、ありのままを答えた。

「今も、おつきあいがあるの？」

問いつめてくるミュウに、逆に訊いてみた。

「オフ会へいっしょに行った話を聞いたのか？」

無言でうなずく顔には、不信感がありありと浮かんでいる。

「ミュウが病気のときにオフ会へ出たのは悪かったけど、彼女とは心配するような関係じゃない」

電話がかかってきて、縛られて動けないのを助けに行ったところから経緯《いきさつ》を説明した。

「じゃあ、裸のその人の縄をほどいてあげたの？」

「そうだよ」

「なんで！」

「なんでって、それはしかたがないだろう？」

「イヤッ。裸の女の人がいるホテルの部屋に入るなんて、イヤァ！」

ミュウは何度も首を横にふった。

かなりショックを受けた様子で、冷静に話せる状態ではない。

「落ちつけよっ。そんなんじゃないって言ってるだろう！」

こちらもつい大声になってしまった。

彼女は一瞬顔をゆがめると、走って玄関のドアから出ていった。

僕は椅子に深くもたれかかった。あえてあとは追わなかった。

誰かの奴隷になるのがはじめてで、ＳＭ界の作法もよく知らないミュウの混乱は理解できた。

だが、こちらの話を聞こうともしないほど興奮していては、どうにもやりようがない。

これまでのＭ女性とのつきあいではなかったことだ。

正直、面倒だった。

たとえば、主従カップルどうしでプレイしたり、バーやオフ会でフリーのＭ女性を責めたりすることはよくある。

ノーマルな人々の考える浮気とは感覚が違う。それに今回は、友人である貴里を守るための参加であり、プレイさえしていない。

僕の中では充分名目の立つ行動だったが、一般的な男女関係でしか捉えられないミュウに、それを受け入れてもらうのは難しいのかもしれない。

貴里の、

「恋人以外の女を心配する男の優しさは、すでに罪よ」

という言葉がよみがえる。

だが、ミュウを恋人とするには、まだすこし引っかかりがある。

これで壊れてしまう関係なら、それもしかたがないと思う一方で、彼女を失うことなどすこしも想定していない自分に気づき、さめてしまったカフェ・オ・レをひと口だけ飲んだ。

ミュウは、その夜遅くなって帰ってきた。

ずっとうつむいたまま、僕の顔を見ようともせず、

「ミュウを、またご主人様の奴隷として、ここに置いてください」

とだけ言う。

冷静になって出した答えではなさそうだが、自分のいちばんの望みはなにかを考えたのだろう。

「ほかの奴隷と会ってもいいのか？」

と訊くと、小さくうなずいた。

この先、貴里とプレイすることはないし、彼女が助けを求めてくることもないだろう。だが、これからもミュウとSMを続けていくのなら、普通とは違う男女の関係を学んでほしい。

そのために、貴里の存在を利用させてもらうことにした。

僕は、

「では、その気持ちを表しなさい」

と命じた。

彼女は、やはり顔をあげないまま、玄関のたたきに膝をついて僕のものをとり出し、しゃぶりはじめた。

それはいつもよりずっと激しいもので、強く吸って唇や頬の内側で締めつける。髪をつかんで喉の奥をついてもよく耐えた。

あんなに怖がっていたローソクを、性器へ直接垂らすと言っても拒まなかった。

ベッドへあがって足を開けと命ずると、言うとおりにして震えながら足を開く。

「自分で足を持ちなさい」

と言えば、両手で太腿をかかえて性器をさし出した。

低温ローソクに火をつけ、五十センチほどの高さからクリトリスへ垂らすと、ミュウは悲鳴をあげて双丘を震わせた。

二、三回で終わらせたが、薄く積もった臘の下からは愛液があふれ、下に敷いたシートへシミを作っていた。

どんなときでも被虐の快楽をしめす彼女を愛しく思ったが、それはSだからこそのよろこびであり、感情だという気もする。

自分の中の迷いをふりきりたい気持ちもあって、今夜はミュウを最下層奴隷として扱うことにした。

自分をなんの価値もない人間以下の存在だと思うことは、多くのM女性にとって最大のよろこびとなりうる。

試しに、貴里を呼んで3Pをするというと、目を大きく見開いて涙をいっぱいためたが、いやだとは言わなかった。

「終ったら、先輩奴隷である貴里のアソコを舐めて、きれいにしてやるんだ。いいね」

そう言ったときは、さすがにためらっていた。

だが、最後はたまった涙をポロポロとこぼし、とうなずいた。

「はい」

「ミュウはいちばん価値の低い最下層奴隷だから、ご主人様やほかの奴隷にご奉仕する。誰かがミュウを使いたいと言ったら、足を開いて前やうしろの穴をさし出すし、舐めろと言われた場所を舐める。ほかの人のおしっこも飲む。ご主人様に恥をかかせないよう、どんなお客様が来ても従順に仕えるんだ」

自分がどういう扱いを受けることになるのかを語ってやると、正座したベッドの上で、体を波打たせながらあえいだ。

「どうだ、最下層奴隷になるか」

髪をつかんであおむかせると、その顔は上気し、眉を寄せながら吐息をもらしている。

被虐のエクスタシーに襲われているのをはっきりと確かめ、ベッドの上に押し倒した。

両足を開かせ、太腿が胸につくほど曲げる。

ほとんど真上から腰を打ちこむと、ミュウは泣きながら喜悦の声をあげた。

折りたたんだ体を両腕で抱いて組み敷き、自由を奪いながら肉奥を乱暴に犯す。

ふくらはぎのあいだからのぞく顔は涙と汗に汚れ、されるがままになっている。

僕は射精寸前の男根を引きぬくと、その顔に白濁をぶちまけた。

生臭い精液が閉じたまぶたや鼻を横切り、唇の上にかかったしずくは開いた口の中へしたたり落ちた。

奴隷は紅色の舌を出し、唇についたものまで拭って飲みこんだ。


翌朝、いつもの生活が戻ってきた。

だが、ミュウはほとんど笑わなくなり、人形のように、ただ動いているだけになった。

最下層奴隷のよろこびを教えて、貴里との件は解決したつもりだったが、思惑どおりにはいかなかったようだ。

ミュウは、まだ別のわだかまりをかかえているのかもしれないが、話しかけようとしても、避けて行ってしまう。

猫耳はつけていたし、責めも拒まず受ける。

反応はいつもよりむしろ激しかったし、話はしなくても悲鳴はよくあげた。

女性の心理は不可解だ。ときに男にはまったく理解できないねじれ方をして、途方に暮れさせる。

結局、僕たちは口で会話をしなくなり、スマホのメールで、ご主人様と奴隷のやりとりをするようになった。

――ご主人様、おしっこをしてもよろしいでしょうか。

――よろしい。

――ありがとうございます。では、ミュウの恥ずかしい姿を見てください。

同じ部屋にいるのに、机の下と上でメールを打ち合った。

一日に二回くらいは、いっしょにテーブルについて摂《と》っていたお茶や食事も、ミュウはすべて机の下でするようになった。

そうなると僕も、作った料理を黙って食器兼便器のボールへ入れてやるだけになった。

夜は夜で彼女はベッドに入ってこず、机の下に上半身を突っこんだ恰好でダウンケットをかぶり、眠った。

原因を突きとめることもできず、ただの意地の張り合いのようになってしまって、なんとかしなければと思いはじめた頃だった。

次第に食欲が落ちてきていた彼女が、こっそりサプリメントを飲んでいるところを見つけ、僕はとうとう音をあげた。

「もうよそう。そこから出ておいで」

机の下にいたがるミュウを、無理やり引っぱり出そうとすると、

「イヤですっ。ここが私の居場所です。ここにいさせてっ。ミュウの場所にいさせてぇ！」

そう言って、クッションをかかえたまま体をまるめ、大きな声で泣き出した。

「……ここにいるの……最下層奴隷でいいから……なんでもするから、ここに置いて……捨てないで」

切れぎれに聞こえてくる訴えは、僕に大きなため息をつかせた。こうなった原因が、なんとなくわかったのだ。

ミュウを最下層奴隷と言ったことで、なにかあればすぐに捨てられる存在だと勘違いしたようだ。

本当の意味は逆だった。最下層奴隷こそが特別な存在で、主やそのほかの客たちに、もっとも責められ、かわいがられる。

奴隷が何人いようが、最下層奴隷とその他なのだ。

「ミュウを捨てたりしないよ。そこも、ずっとミュウの場所だ」

そう言ってやると、彼女はクッションから顔をあげ、僕を見た。

僕たちは、久しぶりに視線を合わせた。

しゃくりあげながら、愛しい最下層奴隷が訊く。

「本当？」

僕ははっきり、ああとうなずき、

「だから、出ておいで」

と、もう一度言った。

ミュウは、それでもまだしばらく僕の顔を見ていたが、やがてごそごそと体の向きを変え、机の下から這い出てきた。

僕は、柔らかくて小さな体を膝の上に抱きあげた。

「ほかの奴隷がいるのは、そんなにイヤか？」

顔をのぞきこみながら問うと、涙でびしょびしょのまま、うんとうなずく。

「……でも、しょうがない。奴隷ってそういうものだから。アキちゃんも言ってた。複数の奴隷さんを持っている主さんはたくさんいるって。だから、久我さんとよく話し合えって」

「そうだよ、言ってくれればよかったのに」

「でも、最下層奴隷って言われたから、怖かったの。どちらかひとりにするなら、私を捨てるって言われそうで……」

また泣きそうになったミュウに、最下層奴隷がどんな存在なのかを説明した。

そして、貴里が言った最後の言葉を告げる。

「もう連絡しないから、おしあわせに、だって」

「そうなの？」

「うん」

ミュウはしばらく黙って考えていたが、

「貴里さんがどんな人か見たい」

と、遠慮がちに言った。

僕はスマホを持ってくると、この前のオフ会で撮った写真を見せた。

アメリカンビッチな化粧とボリュームのあるボディーはなかなか衝撃的だったらしく、ミュウは、

「わあぁ」

と言ったきり、しばらく見入った。

「きれいな人」

飾り気のない感想に、

「うん」

と、短く答える。

「学生時代につきあったって、何歳のとき？」

「二十一歳のとき」

「貴里さんはそのとき何歳？」

「ひとまわり上だから、三十三歳かな」

「どうして別れたの？」

「結婚するからって言われたんだ。でも、三年で離婚したって、向こうから連絡が来た」

「久我さんがよっぽど好きだったのね」

「そうじゃないよ」

僕は笑って否定し、貴里がどんなM女か語って聞かせた。

オフ会での和田とのやりとりも話すと、ミュウは、

「すごい！」

と感心した。

「カッコいい人ね」

「うん、カッコいいよ。ＳＭの師匠みたいな人で、いろいろなことを教わった」

「そうなのね」

ミュウは、またしばらく黙っていたが、やがて、

「貴里さんに会ってみたい」

と言った。

「会えるよ。今度、連絡してみよう」

そう応えると、うんとうなずき、僕に寄りかかってきた。

その体を抱きとりながら、

「もう、ほかに気になることはない？」

とたずねる。

「これまでおつきあいした、ほかのＭ女さんについても教えて」

そう言って腕をまわしてきたミュウに、僕は過去にいたふたりのパートナーたちのことを話した。

ミュウも自分の実らなかった初恋の話をしてくれて、その夜は久しぶりにいっしょのベッドで眠った。

そうして、ようやくいつもの日常が戻ってきた。

九月最後の週末、恒例の里帰りの日、ミュウは行きたくなさそうにしていた。実家にも着がえはあるから、持っていくものもたいしてないのに、いつまでもバッグの中身を出したり入れたりしている。

「どうせ、ひと晩で帰ってくるじゃないか。明日は、また会えるよ」

そう言ってやると、

「うん」

とうなずいて、僕にしがみついてきた。

「どうしたんだ」

貴里のことがあって以来、以前よりもよく話し合うようになっていた。お互いの癖とかこだわりについても打ちあけ合い、だいぶ風通しのいい関係になってきたと思っている。

だが、感情は複雑だ。理由もなく落ちこむこともある。

「……なんとなく」

と応えるミュウに、

「なにかまた気になることでもあるのか？」

と訊く。

「そうじゃないけど、こうしていると安心するから」

そう言って僕の胸に頬をすりつけ、

「キスして」

と、上を向く。

軽く触れるバードキスをしてやると、

「もっと」

と、唇を突き出した。

僕は笑って、本格的に唇を合わせた。

しばらくそうやって束《つか》の間の別れを惜しんだあと、ミュウはやっと、

「行ってくるね」

と言って、うしろをふり返りながらマンションのエレベーターへ消えていった。

第七章　黙って愛するだけ

アキちゃんから電話がかかってきたのは、翌日の夕方だった。

「ミュウ、戻ってる？」

「いや、まだだよ。いつもなら、もう着いてるはずなんだけど」

「やっぱり……」

「なに、どうしたの？」

「さっきミュウに電話したら、お母さんが出て、ミュウは電話に出られませんって言うの。なにかあったんですかって訊いたら、ええとか、まあとか言うばっかりで、はっきりしないの。もしかしたら、ＳＭしてることがバレたのかもしれない」

「ええ！」

ありえないことではなかった。

「私、もうちょっと粘って、なんとかミュウ本人と連絡とってみるから」

「ああ、頼むよ。なにかわかったら知らせてくれ」

「うん、じゃあね」

アキちゃんは簡潔に言って、電話を切った。

僕は仕事の続きをする気にもなれず、ぼんやりと窓の外を見た。

このところいろいろあったが、それはすべて解決ずみのはずだ。戻ってこなくなるほどの深刻さを、僕はミュウに感じていなかった。

むろん、僕にすべてがわかっているわけではない。

だがどちらかと言えば、アキちゃんの言った理由のほうがありそうに思えた。

だとしたら、なぜバレたのか。

プレイの痕を、見える場所に残して帰すようなことは絶対にしていない。そのことはいつも、充分に注意していた。

剃毛《ていもう》については、

「お風呂はひとりで入るから誰にも見られないし、もし見つかっても水着のためだと言うから大丈夫」

と、ミュウは言っていた。

だいいち、そこからすぐSMには結びつかないだろう。

(ミュウが、なにか不用意に言ったのだろうか)

それも考えにくいが、それぐらいしか思いつかない。

いずれにせよ、今へたに僕が動いては藪蛇になる。

アキちゃんからの連絡を待つしかなさそうだ。


そのアキちゃんからの連絡が入ったのは、三日後のことだった。

「やっぱりバレたんですって」

どうやっても直接話せないので、ミュウの兄の誠也氏に電話してみたのだそうだ。ミュウはお兄さんと仲がよく、アキちゃんもよく知っているのだという。

「お父さんが激怒してしまって、ほとんど監禁状態だって言ってたわ。私が訪ねていっても、たぶん会えないだろうって」

僕は、

「そうか」

としか言えなかった。

「久我さん、どうするの。ミュウをこのまま見捨てるの？」

「今は、しかたないだろう」

僕は慎重に言葉を選んだ。

「頭に血が昇っている人には、なにを言っても無駄だよ。行動を起こすとしたら、もうすこしたってからだ」

「行動を起こす気はあるのね」

アキちゃんは念を押してきた。

僕は、ためらわずに答えた。

「もちろんだよ。ミュウを見捨てる気はない。SMをしたくらいで監禁だなんて、ばかげているだろう」

どんな形で決着するにせよ、ミュウとの関係を、このまま断ちきるつもりはない。

「安心した」

アキちゃんは、すこし疲れたような声で言った。この三日間、できるだけ手をつくしてくれたのだろう。

僕は礼を言った。

「ありがとう。ミュウのことは、僕が責任を持つから」

「よかった……」

ひとりごとのような言葉には、微妙なニュアンスが含まれていた。

「ん？」

「あ、ほら、久我さんって、どこか醒《さ》めたところがあるから、ミュウとのことも切れたらそれまでだって言うかもしれないと、ちょっと思ってたの。主従関係は恋愛と違うから、面倒なことになったら割りきっちゃうかもしれないなって」

「そこまでクールじゃないよ。それに、ミュウは特別だ」

「本当？」

アキちゃんの声が明るくはずむ。

貴里とオフ会へ行った件が気がかりだったのだろうか。なにしろ情報源はアキちゃんだ。

「僕が手を引いたら、ミュウには別のSを探してやるつもりだったんだろ？」

冗談で言ってやると、彼女も笑って、

「そうね。でも、久我さん以上の人を見つけるのは難しいなと、ひそかに思っていたところ。ミュウもゾッコンだし。責任を持ってくれるって聞いて、すごくホッとした」

そして、

「お兄さんにまた電話して、様子を聞いておくから」

とつけ加えた。

僕は、

「頼むよ」

と言って、電話を切った。

ミュウを永遠に失うか、それともそのすべてを手に入れるのか。選択肢は、そのふたつだ。

ずっと保留しつづけていた問題が、今僕の目の前に突きつけられていた。

彼女に対する気持ちが、Sとしての支配欲なのか、それとも愛なのか見きわめなければならないのだろうが、このふたつはそう簡単に分離できない。

結婚につながるパートナーとして考えた場合、家庭を築きながらそこでプレイをしつづけられるのか。

貴里の言葉を思い出す。

「あなたの心を開いてみせて、きちんと愛し合うの。そうすれば最高のプレイができるわ」

ミュウとなら、できるだろう。それは確信している。

だが、その先は？

この関係に、先はあるのだろうか。

その前に、そもそも僕らはみんなに祝福されるような結婚ができるのだろうか。

ミュウの父親の怒りを鎮めるために異端の性愛について説明し、なんとか許しを得たとして、心穏やかな生活を手に入れられるのか。

偏見というものは、生理的な嫌悪に直結している場合も多く、なかなか根絶できない。特に性癖に関することは、好き嫌いがはっきり分かれる。

あれこれ考えると前途多難だが、親の怒りにひとりで耐えているであろうミュウを思うと、停滞してはいられない。

時期が来れば、どんな邪魔が入ろうと迎えに行くつもりだ。

だとすれば、この問題にこれ以上悩んでいてもしかたがない。

僕は『リア王』の翻訳に戻った。

それから、一カ月がすぎた。

すでに『リア王』の翻訳は完成し、僕は次の推理ものにとりかかっていた。

ミュウが、食器兼便器として使っていた赤いサラダボールは、相変わらず机の下にあった。

いつでも責めてやれるよう、手の届くところにおいてあったクリップや、バスルームに置きっぱなしにしたプラグやローションも、ときおり僕の視界に入ってきて胸を締めつけた。

アキちゃんは、ほとんど毎日のように電話をくれた。

誠也氏を通じてミュウに伝言してもらえるということだったので、励ましや許してもらうための対策などを伝えてもらっていた。

遠隔でもどかしかったが、要請があればすぐに動けるように準備していた。

だが、実家の状況は変わらず、ミュウは外へ出られないままだ。ここまで長く続く怒りはそうとうなものだ。

そこにはもしかしたらミュウ自身の意志も入っているのではないかと、勘ぐりたくもなった。

僕の言葉はたしかに届けられているはずなのだ。それはアキちゃんが保証してくれている。

しかし、返事はいっこうにない。

（ミュウがまだ貴里のことにこだわっているとしたら……今回はこれですんでも、またいつ同じことがあるかわからないと、思ったのだとしたら……）

いいかげん参っていた僕は、ミュウがもう僕には会いたくなくて、父親の怒りを利用しているのではないかとさえ思うようになっていた。

ふと、大学院をやめたときのことを思い出した。

あのときは今よりずっとわかりやすい状況で、その気になれば残ることもできたのに、ほとんど迷うことなくやめてしまった。

今は、会わないことがミュウの意志かもしれないと思っても、あきらめる気にはとうていなれなかった。

僕にとってミュウは、もうそんな軽い存在ではなくなっていたのだ。

彼女に対する想いは、ただの所有欲などではない。支配欲でも独占欲でもなく、それらをとり除いたあとに残る切実で純粋なものだ。

「ミュウを愛している」

今は、それをはっきりと悟っていた。

これ以上は待てないと思った夜、アキちゃんから電話が入った。

「久我さん……」

「どうしたんだ、元気ないね」

「ミュウがね、ミュウが……」

と言ったきり、言葉がとぎれる。

次の瞬間、アキちゃんは泣き出した。

「どうした、アキちゃん？」

「ミュウが……久我さんに会いたがっているの。会ってやって」

僕はわけがわからなくて、アキちゃんを問いただした。

「もう、お父さんの怒りはとけたってこと？」

いつも冷静なアキちゃんにはめずらしく、まだ泣いたまま、切れぎれに話し出した。

「お父さんは、怒っているわけじゃなかったの。帰らなかったのは、ミュウの意志なの」

「どういうことだ。もっと詳しく説明してくれ！」

「ミュウね……ミュウは、もう……長く生きられないの！」

最後は叫ぶように、アキちゃんは言葉をしぼり出した。

「生きられないって……なんだよ、それ！」

「もう東京に出てくるときから、わかっていたんだって。だから、ご両親も許したんだって」

では、はじめて会ったあの夏の夜にはもう、自分に残された命の時間を知っていたということなのか。

僕は絶句した。

「久我さん、聞いてる？」

返事をしないでいると、

「おい、久我！」

と、佐久間の声が聞こえた。

「十分で迎えにいく。それまでにシャンとして、待ってろよ！」

そう言って、電話は乱暴に切れた。

ミュウが入院しているのは、都内の病院だった。彼女の兄が内科医をしているところだ。

佐久間の運転する車で病院へ向かうあいだ、同じ車で葉山へ行ったのは、ついこのあいだのことだったのだと思い出す。

今はすっかり涼しくなり、騒がしい都会の夜気に落葉の匂いがまじりはじめている。

夜間の面会時間ギリギリに到着した僕らは、すぐにミュウの病室へ向かった。

それは、真っ白な箱を想像させる、清潔すぎるほどの個室だった。

ノックして入ると、ミュウの兄、誠也氏がいた。

僕らが挨拶すると、彼は、

「どうぞ」

と言って、道を空けてくれた。

白い部屋の白いベッドに、ミュウは埋もれるように寝ていた。

「さっき、目を覚ましたところなんです。すこしなら話せますから」

誠也氏は、そう言って病室を出ていった。

僕は、ゆっくりとミュウに近づいた。

「ミュウ」

呼びかけると、ミュウは……この一カ月で、ずいぶん細っそりしてしまった恋人は、重く目を開けた。

「……久我さん」

僕を認めて、かすかに笑う。

僕は床に膝をついて、ダウンケットの下のミュウの手をとった。

「……うれしい」

力のない声が、胸に突き刺さった。

「急にいなくなるから、どうしたのかと思った」

どうして、こんな間抜けな言葉しか出てこないのかと思いながら、彼女の手をぎゅっと握った。

「淋しかった？」

輝きだけはもとのままのミュウの瞳が、間近で僕を見あげた。

「淋しかった」

僕は素直に認めた。

「仕事をしていても足下が落ちつかないし、ご飯はつい多めに作っちゃうし……ミュウが貴里のことで怒って、もう戻らないつもりかもしれないって、毎日泣き暮らしていたんだ」

僕がおどけて言うと、ミュウはまたすこし笑った。

「あのね……」

「うん、なに？」

「死ぬの。黙ってて、ごめんなさい」

病室の隅で、アキちゃんが泣き出した。

佐久間が抱きよせたのか、その声はすぐにくぐもったものになる。

「いいよ、それは。楽しかったからさ、ミュウと暮らせて」

「私も楽しかった。本当は、なにも知らせずに消えてゆくつもりだったけど……久我さんがお兄ちゃんを通じて伝えてくれる励ましがうれしくて……必ず迎えに行くって、言ってくれたでしょ？」

「ああ」

「あれ、何度も何度も、久我さんの声で思い出していたの。そうしたら、やっぱり逢いたくなっちゃった」

ミュウはそう言って、恥ずかしそうに笑った。

「最後に望みが叶って……しあわせ」

そう言うと、僕の手を引きよせて頬に当てた。

僕もそこに唇を寄せて、幾度もキスをする。

「死ぬのねェ、そんなに怖くないの。両親やお兄ちゃんには悪いけど、ちょっと楽しみな感じ。だって、はじめての経験なんだもん」

そのいかにもミュウらしい言い方に、僕は涙まじりの苦笑をもらした。

「だからね、久我さんも、あんまり淋しがらないでね。私は、ちょっと先に行くだけだから」

「そうだな。人間、みんないつかは死ぬんだもんな」

「久我さんがおじいさんになってから来ても、絶対見間違えないから。もし……もし、いっしょにいたい人がほかにいたら……ものかげからそっとのぞくだけにするから」

ミュウはそう言って、微笑んだ。

僕は笑わなかった。

「もう一度ミュウに逢えたら、二度と放さないよ。ジジイになっていようが、足腰立たなかろうが、ミュウを抱きしめて逢えなかったぶんをとり戻す」

ミュウの黒目がちな目に、みるみる涙が盛りあがった。

「うれし……いちばんの望み……かなっ」

「ん？　いちばん？」

ミュウがうなずく。

「あとすこししか生きられないってわかったとき、自分のしたいことを考えたの。英語もちゃんと勉強してみたかったし、留学もしてみたかった」

「うん」

「でも、いちばんしたかったのは、ご主人様を見つけること。そして、そのご主人様と愛し合うこと」

よい主に出逢い、互いに離れがたい愛で結ばれる。それは多くのM女が見る夢だ。

「恋もSMも、両方してみたかった」

彼女はそう言って、

「あきらめたくなかった」

とつぶやいた。

僕は、しょっぱいキスをミュウの唇にした。

「猫耳のミュウに、メロメロだよ」

「じゃあ、猫耳持って、先に行ってるから、あとから来てね。ゆっくりでいいから」

ミュウが笑う。今度は僕も笑った。

「ああ。ゆっくり行くよ。ミュウを想いながら、ゆっくり生きる」

「うん……そうして」

彼女はそこで、ふわりとまぶたを閉じた。

「……お兄ちゃん、呼んで」

よく聞きとれないほどの、細い声だった。

僕は立ちあがった。許された時間は、もう終ったのだ。

もう一度だけミュウの……僕の恋人の唇にキスをすると、彼女の兄を呼びに廊下へ出た。


ミュウの葬儀は、すこし曇った晩秋の空のもとで行われた。

薄陽がベールのようにあたりを包むなか、若くして病に倒れた娘の死に、参列者の誰もが涙を流した。

とりわけ彼女が最後まで生きることをあきらめず、英語を学び、留学を夢見ていたという話が紹介されると、会場中がすすり泣きに満ちた。

アキちゃんや佐久間といっしょに参列した僕は、それを他人事《ひとごと》のように聞いていた。あの真夏の公園で見た、老人のように。

葬儀のあと、兄の誠也氏と話す機会があった。

彼は病気のことを知らせずに、ミュウが世話になったことを詫《わ》びた。

「小さい頃から、なんとなくまわりの言うことを聞いて生きてきたような妹が、はじめて自分のやりたいことはなにかということを考えたんです。僕は、できるだけのことをしてやりたかった。それは、両親も同じでした。だから週一回、僕の診察を受けるという条件つきで、美笛を送り出したんです」

ミュウは、自分がMであることを、お兄さんにだけは打ちあけていたのだという。

「ただ、みなさんをだます恰好になってしまい、それは本当に申し訳なかったと思っています」

彼は頭を下げた。

僕らは口々に、ミュウにはいい思い出ばかりをもらったと言って、頭をあげさせた。本当に、謝られるようなことはなにもなかった。

悔いがあるとすれば、僕のほうだ。

ミュウを愛している、これは恋だ、と自覚したのが遅すぎた。

もっともっと愛してやれたのに、愛する者どうしがする最高のSMだってできたかもしれないのに、未熟な僕の自尊心のために二度と叶わぬ夢となってしまった。

帰りの車のなか、僕はひとりで座った後部座席から、運転する佐久間に話しかけた。

「あの日、僕をZ：Beに誘ったのは偶然じゃなかったんだろう。アキちゃんが僕を品定めするためか」

ずっと疑問に思っていたことを言ってやった。

佐久間はしばらく黙っていたが、やがて、

「すまん」

とだけ言った。

すると、アキちゃんがすかさずフォローに入った。

「大斗のせいじゃないの。誰かカッコいい友達紹介してって、私が頼んだの。偶然出会って恋に落ちるって形にしたいから、友達にはなにも知らせないでって。でも心配だから、私が一回会って確かめてからってことにしたの。ミュウにも、なにも言ってなかったのよ」

「わかってるよ……で、あのときはもう、ふたりの気持ちは通じ合っていたってことか。そのあとの展開を見れば、たいがい気づくけどな」

前の席に並んで座ったふたりは、気まずげに顔を見合わせた。

「いいよ、怒っているわけじゃない……感謝してるだけさ」

僕は、なんの感情もこめずにそう言った。

こんなところで、また湿っぽくなられたらかなわない。

「アキから、カッコよくて信用できる男を知らないかって言われたとき、俺、おまえしか思い浮かばなかったんだよ」

佐久間は前を向いたまま片手をあげ、言った。

「すまんな」

どこかでひと休みしてゆくか、というふたりの誘いを断って、僕は自分のマンションの前でおろしてもらった。

だるい体をエレベーターに乗せ、重い腕でドアの鍵を開ける。

喪服の上着を脱いで適当に投げると、ソファーへ倒れこんだ。

正面の窓からは、遅い午後の町なみが見わたせた。

ミュウは机の下の次に、このソファーが好きだった。

ここで彼女を何度も泣かせた。足を開かせ、恥ずかしいことを言わせ、ときにはふたり寄りそって夜景を眺めた。

僕は暮れゆく街をしばらく見ていたが、やがて区切りをつけて立ちあがった。

そして彼女のいちばん好きだった、机の下に潜りこんでみた。

小柄なミュウならともかく、僕には狭すぎる場所だった。

膝をかかえ、首を曲げなければ座ってもいられない。

だが、そこから眺める風景は新鮮だった。

床についた傷やほこりが妙に目立って見える。電気スタンドのまるい足も、ソファーも、その先にあるダイニングテーブルも、みんな下半分だけの奇妙な物体だった。

僕はまだ片づけずに置いてあったクッションを引きよせ、無理をして横になってみた。すると世界はいっそう不可解なものになり、斜めに傾いた非日常的な床が目の前に迫ってきた。

これが、いつもミュウの見ていた世界かと、空っぽの頭で思った。

曲げっぱなしだった頭をすこしずらしてみると、机の足になにか書いてあるのが見えた。

紫檀《したん》の木目に、わかりづらい黒マジックで記してある。

まちがいなくミュウの書いたものだと思い、苦労して読んでみると、それは英文だった。

——Love and be silent.

口に出して読んだとたん、僕の目から涙があふれ出した。

ミュウが黙ってその胸にしまいつづけたもの。

僕への恋、自分の命を刻む針の音、幻の未来、そして嫉妬……。

それらをかかえてなお、彼女は僕の奴隷として成長することをなによりも願った。

「ミュウ……」

彼女の死が、急に実体となって僕を襲った。

僕は窮屈に身をかがめたまま、彼女の香りがかすかに残るクッションに顔を埋めた。

誰も知らない真実のミュウ。

僕の机の下を、どんな居心地のよいソファーよりうれしがったかわいい奴隷!

また彼女に逢えたら、机の下に潜ってみたことを話そう。

そうして、どんな恋も及ばないほど愛していたと伝えよう。

「また続きをしような、ミュウ」

僕は、ミュウの楽園に横たわりながら、涙の止まらない目を閉じた。

※この作品は『机の下の楽園』（二〇一三年・Kindle Direct Publishing刊）を大幅に加筆・修正したものです。